庫 SF

〉

十月の旅人

レイ・ブラッドベリ

伊藤典夫訳

早川書房

7754

THE OCTOBER GAME AND OTHER STORIES

by

Ray Bradbury

目次

十月のゲーム 7
休日 27
対象 39
永遠と地球 59
昼さがりの死 97
灰の怒り 127
過ぎ去りし日々 149
ドゥーダッド 161
夢魔 191
すると岩が叫んだ 221
訳者あとがき 273
解説／高橋良平 280

十月の旅人

十月のゲーム

The October Game

彼は化粧ダンスの引き出しに拳銃をもどし、引き出しをしめた。やはり、これはまずい。このやりかたではルイーズは苦しむまい。死んでしまえば、すべては終わり、苦しみも消える。肝心なのは、なによりも時間がかかることなのだ。想像のつばさを十二分にひろげられる時間。どのようにして苦しみを長びかせるか？　それ以上に、どうやって苦しみを彼女の上にもたらすか？　さて。

寝室の鏡のまえに立つ男は、慎重にカフス・ボタンをとめた。いったん動きをとめると、この暖かい二階家のそと、下の通りを走りすぎる子供たちの足音や声に耳を傾けた。まるで灰色のネズミの群れのようだ、子供たちは……舞い落ちるたくさんの木の葉のようだ……

子供たちの足音で、カレンダーの日付がわかる。子供たちの叫び声で、今夜がどんな夜かわかる。一年も終わりに近いころ。十月。白骨の仮面やカボチャの提灯が踊り、溶けたロウソクのにおいがただよう十月の末日。

だめだ。事態はいっこうに好転していない。十月という月も助けにはならない。かりに何かあるとしても、マイナスの効果ばかりだろう。彼は黒い蝶ネクタイのかたちをなおした。そして鏡のなかの自分にむかい、無言のまま、ゆっくりと無感情にうなずいた。もし今が春なら、救いもあるかもしれないのに。だが今夜は、世界が燃えあがり、黒焦げの廃墟と化しつつある夜だ。春のみどりはここにはない、みずみずしさもなければ、ひとかけらの希望さえもない。

玄関を走るかすかな足音がした。「マリオンだな」彼は独り言をいった。「おれのかわいい娘。おとなしい子。八つになるこの年まで、ろくに口をきいたこともない。輝く青い瞳と、何をいいたいのかさっぱりわからない小さな口だけ」日が暮れるころから、マリオンは家を出たりはいったりしていた。そして、いろんな仮面をつけては、どれがいちばんおそろしいか、気味がわるいか、彼にたずねるのだった。二人はとうとう骸骨の仮面で意見の一致をみた。なるほど、それは「ものすごい！」の一語につきたし、みんなが「腰を抜かしちゃう！」ことうけあいだったからだ。

ふたたび彼は長いあいだ、鏡にうつる彼自身の、思いに沈む冷静な視線とむかいあった。十月が好きだと思ったことは一度もない。何十年もむかし、祖母の家のまえにつもった枯れ葉の上にはじめて寝ころんで、風の音を聞き、はだかの樹々を見上げたあのときから……。なんの理由もないのに、彼は泣いたのだった。その悲しみのいくぶんかは、毎年よみがえった。それはいつも春の訪れとともに消えていった。

だが今夜はちがう。秋がこの先百万年もつづくような気がしてならなかった。

春はもう来ない。

今夜の彼は、ひっそりと泣きづめだった。それは顔にはあらわれなかった。その痕跡すら。だが彼のうちのどこかに隠れたそれは、決して泣きやもうとしなかった。

キャンディの甘ったるいにおいが、あわただしい家のなかにたちこめている。新しいカラメルの衣をかぶせたリンゴがルイーズの手でならべられ、ミックスされたばかりのフルーツポンチがいくつものボウルを満たし、各ドアには紐のついたリンゴがぶらさがり、中身をくりぬかれたカボチャが冷えきった窓から三角の眼でのぞいている。居間の中央には、水をたたえた金だらい、そのそばには袋いっぱいのリンゴが、たらいに落されるのを待っている（リンゴを水にうかべ、手を使わずにそれを口でくわえて取るゲームがある）。あと必要な触媒は、子供たちの乱入だけ。そうすれば、リンゴが水中で踊り、こみあう戸口につるされたリンゴが振子運動を行ない、キャンドルが消え、広間に恐怖や歓喜（それらは、けっきょく同じものだ）の声がこだまするのだ。

今では家のなかは静まっていた。支度が終わったらしい。支度というにはちょっぴり大げさな何かが。

彼が閉じこもっている部屋をのぞけば、きょうルイーズが足を踏みいれない部屋はなかった。それが、彼女の編みだした巧妙なあてつけの方法なのだった。ねえ、ミッチ、見てよ、この忙しさ！　あんまり忙しいものだから、わたしのいる部屋に来ても、いつもすれちがいね！　ああ、おちつかないこと！

すこしのあいだ、彼はその他愛ないゲームで妻とはりあってみた。いじわるな子供っぽいゲーム。ルイーズが台所にいるとわかると、「水を一杯ほしいな」といって台所にはいるのである。一瞬が過ぎ、夫は立ったまま水を飲み、妻は料理用ストーブの上のカラメルが太古の地表のように大きな泡を吹くさまを、水晶占いの魔女よろしくながめ、そして言う、「そうだわ、カボチャの提灯に明かりをつけなくちゃ！」彼女はカボチャに光る笑みを与えるため、居間へとかけだしてゆく。彼は微笑をうかべて、あとに従い、「ぼくのパイプはどこだったっけ？」「まあ、リンゴ酒のことを忘れていたわ！」彼女は叫び、食堂へ走りだす。「リンゴ酒はぼくが見るよ」と彼はいう。だが、あとを追おうとしたときには、彼女は浴室に逃げこみ、ドアの錠をおろしている。

わけもなく調子っぱずれに笑いながら、浴室のドアのそとに立つうち、くわえたパイプは冷たくなっていた。ゲームには飽きていたが、強情にさらに五分待ちつづけた。浴室からは物音ひとつ聞えない。ややあって、いらいらとそとで待ち構えているのに気づかれたら、相手は喜ぶだけだと考え、ふいにきびすを返すと、陽気に口笛を吹きながら二階にあがった。


階段の上で、彼は待った。ようやく錠のはずれる音が浴室から聞え、ルイーズが現われ、階下の営みが再開された。恐怖が過ぎ去ったのち、カモシカたちが泉にもどり、ジャングルの営みがふたたび始まるように。

そして今、蝶ネクタイを整え、ダーク・スーツを着おわったとき、廊下でネズミの走る音がした。頭からすっぽり骸骨の衣装をかぶったマリオンが、戸口に現われた。

「どう、これ、パパ？」

「すてきだよ！」

仮面の下から、ブロンドの髪がはみだしている。どくろの眼窩（がんか）のおくで、小さな青い眼が笑っている。彼はため息をついた。マリオンとルイーズ——彼の男らしさ、黒い魔力に、無言の非難を投げかける二人。いったいどのような錬金術によって、ルイーズは胎内にある赤んぼうから、彼の浅黒い体質を取り除いてしまったのだろう？　浅黒い肌、暗褐色の眼、漆黒の髪、彼のそうした血を受けついで生まれるべきマリオンを、胎内でどのように洗い、漂白し、こんなブロンドの髪と青い眼とばら色の頰の娘にしてしまったのか？　ときには彼は、ルイーズが、性的行為とは無関係なひとつの観念として、侮蔑に彩られた精神と細胞による一種の処女生殖として、マリオンをみごもったのではないかと疑うこともあった。夫への断固たる譴責として、彼女はおのれの姿に似せた赤んぼうを産み、それればかりでなく、どのようにしたのか医者まで丸めこんでしまったのだ。医者は首をふりながら、こういった、「残念ですが、ワイルダーさん、奥さんはもう赤んぼうを産むことはできません。このお子さんおひとりです」

「おれは男の子がほしかったのに」ミッチはそういったものだった。八年前に。

どくろの仮面をかぶったマリオンを抱きしめようと、彼は思わずかがみそうになった。父親の愛を知らぬまま、愛のない母親の溺愛につつまれて育った娘。わが子へのあわれみが自分にも理解できぬ勢いでわきあがるのを、彼は感じた。しかし彼がだれよりもあわれんでいるのは自分自身だった。裏切られた出産とはいえ、そこに最大限の喜びを見出すことはできたはずなのだ。浅黒い体質ではないとか、望んだ息子が生まれなかったとか、そういったこととは関わりなく、マリオンをマリオンなりに愛することはできたはずなのだ。

だが彼にはそれができなかった。ほかの物事が釣合ってさえいたら、娘を愛していたかもしれない。だがルイーズは、そもそも子供をほしがる女ではなかった。出産の考えにおびえていた。彼はルイーズを説きふせなければならず、その夜から一年近く、出産の苦痛が去るまで、彼女は寝室をべつの部屋に移してしまったのだ。あのとき彼女は、望まれない赤んぼうとともに死ぬ気でいた。息子を手に入れんがため、たったひとりの妻を墓場に追いやることも辞さない、そんな夫を憎むのはルイーズにとってたやすいことだったろう。

だが――ルイーズは生きながらえた。しかも勝ち誇って！　彼が病院に行った日、迎える妻の眼は冷ややかだった。わたしは生きているわ、とその眼は語っていた。それにブロンドの女の子が生まれたのよ！　ごらんなさい！　そして彼が手をさしのべると、母親は生まれたばかりのピンクの赤んぼうと密議をかわすため背を向けたのだった――浅黒い非情な殺人者から。それはまったくみごとな皮肉であり、彼の利己主義には当然の仕打ちだった。

しかし今また、ときは十月。これまでいくたびも十月はめぐってきたが、あとにつづく長い冬を思うたびに、毎年、彼は恐怖におののくのだった。狂ったように降りつもるはげしい雪によって家のなかに塗りこめられ、彼を愛する気持などひとかけらもない女や子供とともに囚われて過す果てしない日々。この八年間、息抜きがなかったわけではない。春や夏には外出し、散歩をしたり、ピクニックを楽しんだりもした。それは、憎悪を一身に受けた男が、急迫する問題をなんとしてでも解決しようとする必死のあがきだった。

だが冬にはハイキングもピクニックも逃避も、枯れ葉とともに消えていった。日常生活は樹木のように果実をもがれ、樹液を地中に吸いとられて、はだかの姿をさらけだした。もちろん、客を招いたりもしたが、吹雪とか何やかやで人の足も遠のきがちだった。一度は気をきかして、フロリダ旅行の貯金をしたこともある。一家は南国に行き、彼は戸外を歩きまわった。

しかし、八年目の冬を迎えようとしている今、彼はすべてが行き詰ったことを覚った。この冬を耐えぬくことはできまい、そんな気がしてならなかった。内部に鬱積する酸は、長年にわたって組織をゆっくりと侵蝕しつつあり、今夜この瞬間にも、それは彼の深奥にひそむ火薬庫に到達して、すべてが終わるかもしれないのだった。

階下では、ドアベルが狂ったように鳴っている。ルイーズが玄関に行ったようだった。

マリオンはひとこともいわず、第一陣の到着を迎えるためかけだしていった。叫び声、陽気なざわめき。

彼は階段の上に出た。

下ではルイーズが客のえり巻きをうけとっていた。背の高い、ほっそりした金髪色白の女。新来の子供たちに笑いかけている。

彼はためらった。これはどういうことなのか？　歳月のせいか？　生活に忍びこむ倦怠なのか？　どこから狂いだしたのだろう？　子供のせいだけでないことはたしかだ。だが、それが夫婦間の緊張の象徴であったとはいえるかもしれない、と彼は思った。彼の嫉妬、事業の失敗、その他腐りきった何もかも。なぜ部屋に帰り、スーツケースに服をつめこんで、出て行かないのか？　だめだ。自分が受けた傷と同じくらいの傷をルイーズに与えるまでは。要するに、そういうことなのだ。離婚しても彼女は傷つくまい。それは鈍磨した不決断に終止符を打つことにしかならない。離婚が彼女にわずかなりでも喜びを与えるような気がするうちは、なんとしてでもこのままの状態をとりつづけてやる。いや、彼女を傷つけるのだ。何か方法を考えよう、たとえば、合法的にマリオンを彼女の手から奪うとか。そう。そいつだ。それがいちばん残酷なやりかただ。マリオンを奪うのだ。

「やあ、いらっしゃい！」彼は満面に笑みをうかべて階段を下った。

ルイーズは眼を上げようともしない。

「こんばんは、ワイルダーさん！」

子供たちは叫び、おりてくる彼に手をふった。

ドアベルも十時には鳴りやんだ。ドアにつるされたリンゴは食いきられ、リンゴくわえでほてった子供の顔は水気をふきとられ、ナプキンはカラメルとポンチでよごれた。そのあいだに、彼、ルイーズの夫は、胸のすくような手ぎわで場面をさらっていた。パーティの主導権を妻の手から奪いとったのだ。彼は客たちのあいだを走りまわり、ひとりひとりに声をかけた——彼の作った特製のリンゴ酒で上機嫌になった十二人の親たちと、二十人の子供たちに。爆笑の発作のまっただなかで、〈ロバの尻尾留め〉〈びんまわし〉〈椅子取り遊び〉、その他さまざまなゲームの進行係をつとめた。やがて三角なこのカボチャから漏れる光を残し、家の明かりがすべて消されたところで、彼は「しっ！　ぼくのあとについて！」と叫び、抜き足さし足で地下室にむかった。

仮装騒ぎの周辺では、親たちが感想を述べあい、そつのない夫を見てはうなずき、しあわせな妻に話しかけていた。子供たちの仲間にはいるのがお上手ですね、彼らはそう話していた。

子供たちは金切り声をあげ、押しあいへしあいしながら夫のあとにつづいた。

「地下室だ！」と彼は叫んだ。「魔女の墓だぞ！」

さらに金切り声。彼はわざと身震いした。「ここにはいるもの、すべての希望を捨てよ！」

親たちがくすくす笑った。

暗い地下室への降り口には、ミッチがあらかじめ細長いテーブルの台で作っておいたすべり台があり、子供たちはひとりひとりそれに乗っておりていった。子供たちの背にむかって、彼は身の毛もよだつ叫び声やささやき声をあびせかけた。カボチャの提灯に照らされた暗い家のなかに、すばらしい泣き声がひびきわたった。みんながいっせいにしゃべりだした。マリオンひとりを除いて。彼女はこのパーティを最小限の物音と声で通していた。興奮も喜びも、彼女はすべてうちにしまいこんでいるのだった。なんという小怪物だ、とミッチは思った。自分のために催されたパーティなのに、まるで目の前にたくさんの蛇(へび)が投げだされたように、口をつぐみ、眼ばかり輝かせて見守っているのだ。

そして親たちの番が来た。てれくさそうに笑いながら、彼らが短い傾斜を騒々しくすべりおりて行くあいだも、小さなマリオンは、一部始終を見とどけるまですべる気はないかのように、ずっとかたわらに立ちつくしていた。ルイーズは夫の手を借りずにおりた。手をさしのべようと彼は進みでたが、かがむまもなく彼女の姿は消えていた。

一階は静まりかえり、ロウソクの光ががらんとした室内を照らすばかり。

マリオンはすべり台のわきに立っている。「さあ、行くぞ」彼はいい、娘をかかえあげた。


一同は、大きな円陣をつくって地下室にすわった。遠い暖房炉の隔壁から暖気が伝わってくる。四囲の壁にそって椅子がならび、ルイーズを奥の隅、ミッチをこちら側、階段に近い隅において、金切り声をあげる二十人の子供と息づかいだけの十二人のおとなが交互に腰かけた。彼は眼をこらしたが、何も見えなかった。鼻をつまれてもわからない闇のなかで、みんな椅子にしがみついているのだろう。これからのゲームは、彼を司会役にして暗闇で行なわれるのだ。子供がひとり走りまわっている。あとは、湿ったセメントのにおいと、家のそと、十月の星空の下を吹く風の音だけ。

「さて！」闇につつまれた地下室のなかで、夫は声をはりあげた。「静かに！」

一同は静まった。

部屋は完全な闇。明かりもなければ、光の照りかえしも、眼のきらめきもない。陶器がこすれる音、金属がふれあう音。

「魔女は死んだ」単調な声で、夫がいった。

「イイイイイイイイイ」と子供たち。

「魔女は死んだ、彼女は殺され、そのときに使われたナイフがここにある」

彼はナイフをとなりにまわした。それは手から手へ、円陣をぐるりとわたっていった。くすくす笑いと、頓狂な小さな悲鳴と、おとなたちのつぶやきが聞えた。

「魔女は死んだ、これがその頭だ」夫はささやき、品物をとなりに手わたした。

「なんだ、ぼく、このゲーム知ってるよ」子供がひとり、闇のなかでうれしそうに叫んだ。「冷蔵庫から鶏のはらわたかなんかを出してきて、〝これは魔女のはらわただぞ!〟っていって、みんなにまわすんだ。魔女の頭は粘土だし、腕というのはスープ用の骨さ。ビー玉なら、〝魔女の眼だぞ!〟。とうもろこしなら、〝これは歯だ!〟。プラム・プディングの袋をわたすだろ、そしたら〝胃袋だ!〟っていうんだよ。ぼく、こんなの知ってる!」

「しっ、おもしろくなくなっちゃうじゃない」どこかで少女がいった。

「魔女は滅びた、これはその腕だ」とミッチはいった。

「イイイイ!」

ゆでたてのジャガイモのように、品物は円陣をわたっていった。なかには悲鳴をあげ、さわろうとしない子供たちもいた。椅子から逃げだし、気味のわるい品物が自分の場所を通りすぎるまで地下室のまん中で待っている子供たちもいた。

「なんだい、鶏のはらわたじゃないか」ひとりの少年があざけった。「もどっておいでよ、ヘレン!」

小さな悲鳴がつぎつぎとあがり、品物はあとからあとから送りだされ、手から手へと移っていった。

「魔女は切り刻まれた、これはその心臓だ」と夫がいった。

六、七個の品物が、笑い、震える闇を同時に動いていた。

ルイーズの声があがった。「マリオン、こわいことないのよ。これは遊びなんだから」

マリオンの返事はなかった。

「マリオン?」とルイーズがいった。「こわいの?」

マリオンは何もいわない。

「だいじょうぶだよ」と夫がいった。

「こわくなんかあるものか」

品物の手わたしはつづき、悲鳴と陽気なざわめきがわきあがった。

家のそとでは、秋風がため息をついている。そして暗い階段の下に立つ夫は、台詞(せりふ)を唱えながら、品物を手わたしていった。

「マリオン？」地下室の遠いつきあたりから、ふたたびルイーズが呼んだ。

だれもかれもがしゃべっている。

「マリオン？」ルイーズが呼んだ。

一同は沈黙した。

「マリオン、答えなさい、こわいの？」

マリオンは答えない。

夫は地下室の階段の下に立っている。

ルイーズが呼んだ、「マリオン、いるの？」

返事はない。部屋は静まりかえった。

「マリオンはどこ？」

「さっきいたよ」ひとりの少年がいった。

「上の部屋かもしれない」

「マリオン！」

返事はない。沈黙だけ。

ルイーズが叫んだ、「マリオン、マリオン！」

「明かりをつけろ」おとなのひとりがいった。

品物の手わたしがとまった。魔女の体の一部を持ったまま、子供もおとなも椅子に静止した。

「だめ」ルイーズがあえぐようにいった。闇のなかで、彼女の椅子が耳ざわりにきしった。「だめ。明かりをつけないで、明かりをつけないで、ああ、神さま、神さま、神さま、つけないで、お願い、お願い、明かりをつけちゃいや！」ルイーズは今や絶叫していた。地下室全体が悲鳴に凍りついた。

動くものはなかった。

暗い地下室のなか、だれもがこの十月のゲームの中途で動きをとめた。そとでは風が吹き、家の羽目板をたたき、地下室にこもるカボチャとリンゴのにおいのなかには、彼らの手にある品物のにおいがまじりはじめていた。「ぼく、上へ行って見てくるよ！」ひとりの少年が叫び、意を決したように階段をかけあがっていった。少年は家のなかを走りまわり、「マリオン、マリオン！」と呼びながら家のなかを四回まわり、やがて息づき待ち構える地下室にゆっくりとおりてくると、闇にむかっていった、「見つからなかった」

そのとき……どこかの馬鹿が明かりをつけた。

休　日

Holiday

だれかが夕食にワインを飲もうといいだした。それでチャーリーが地下室から埃（ほこり）をかぶったびんを持ってきて、コルクを抜いた。

「いま何時だ？」とチャーリーはきいた。

「ええと」ビルが腕時計をあげた。「だいたい七時」

暑い沈黙のなか、ラジオのつぶやきを聞きながら、三人の男は昼からずっと石の部屋のなかでビールを飲んでいたのだった。日が沈んだ今、彼らはふたたびシャツのボタンをはめた。

「妹が今夜、山に行っててよかったよ」とウォルターがいった。

「どっちみち、わかるんじゃないのか？　別荘には電信機があるんだろう？」

「このあいだ聞いたところじゃ、故障しているという話だったがな」ウォルターは石のテーブルを指でこつこつとたたいた。「待っているというのが、なんともやりきれんよ。知らなければよかった。ただ見上げて、それに気がついて、驚いてれば、考える暇もなくてすんだんだ」

「いよいよ今夜かな？」ビルは、冷たいワインをみたしたグラスを手わたしていった。

料理用ストーブの上では、トマト・ソースとかりかりにいためたベーコンをそえた大きなオムレツができあがろうとしている。

「さあね」とチャーリーはいった。

「沈黙する前、最後に送られてきた電報では、今夜あたりだといってた」

ウォルターは大きな窓をあけた。空はすみわたり、暗く、星がいっぱいだった。人の息のような、ひっそりとした暖かみが、丘のふもとの村全体をつつんでいる。地平線の近くに、一本の運河が輝いている。

「火星というのは変な惑星だな」そとをながめながら、ウォルターがしみじみといった。「故郷(くに)から何百万キロも離れたこんなところに住むことになるとは、夢にも思わなかった」

下方から声がひびいてきた。おぼろな二つの人影が、路地をよろめき歩いている。

「ジョンスンとレミントンだ」とウォルターがいった。「もうぐでんぐでんに酔っぱらってる。くそっ、あいつらがうらやましいよ」

「今夜だけは酔っぱらいたくないね」三枚の石の皿にオムレツをすくいいれながら、ビルがいった。「息子さんはどこなんだ、ウォルト？」

ウォルターは、窓のそとの暗い夕暮れの通りにむかって呼びかけた。「ジョー！」間をおいて、小さな声が遠くから答えた。「そとにいちゃいけない、パパ？」「だめだ！」ウォルターがいった。「食べに来なさい！」

「でも、見逃しちゃうよ」裏の階段をゆっくりとのぼりながら、ジョーが不服そうにいった。

「食べたら、そとに行っていいよ」ウォルターがいい、一同はテーブルについた。十歳になるブロンドの少年は、ドアから眼をはなそうとせず急いでオムレツをかきこんだ。

「もっとゆっくり」と父親がいった。「ワインはいらないか、だれか？」ワインが音もなく注がれた。

夕食のあいだ、会話はまったくはずまなかった。

「こんなにきれいに食べちゃった。もう行っていい、パパ？」

ウォルターがうなずくと同時に、少年はとびだしていった。足音が路地の奥に遠のいた。ビルがいった、「たしか地球生まれじゃなかったな?」

「うん。一九九一年、この火星村生まれだよ。二年後に、あれの母親と離婚してね。彼女は地球へ帰っていった。ジョーはあとに残った。宇宙旅行と環境の変化がジョーの体にわるいかもしれないと、心理学者にいわれたんだ。で、おれといっしょに暮すことになったわけさ」

「今夜はジョーにはたいへんな夜だな」

「うん、興奮してるよ。もっとも、なんだかわかっちゃいないんだが。目先の変った、新しい見世物なんだ」

「話題を変えたらどうだ!」チャーリーがナイフとフォークをたたきつけた。「いま何時だ?」だれかが時間をいった。「ワインをくれ」彼はあえぎ、びんをつかんだ。その手は震えていた。

「火星人は今夜は村で大パーティをひらいてる」テーブルのかたづけを手伝いながら、ビルがいった。「おれはべつに連中をうらんじゃいない。ロケットで火星にやってきて、植民したのはおれたちなんだ。住みついていいか連中にききもしなかった。いま火星には、どれくらい地球人がいるんだろう、チャーリー?」

「せいぜい千人というところだな」

「これでとうとう少数派になったわけか。今夜はたしかに二百万の火星人が祝宴をひらくに値する晩だよ。火星全土をあげての休日だ！　学校も休み、何もかも休み、大花火大会だそうだ。仕掛け花火から何から」

彼らは石の家のバルコニーに出て、タバコをすいながら腰をおろした。「今夜はきっとおこらんよ」鼻の下に汗をうかべ、笑顔でチャーリーがいった。「休みだと自分に嘘をついちゃいかんな」ウォルターはいい、パイプをとりだした。ジョーはもういうんで、息子は火星人の子供たちと大騒ぎしながら町をかけまわってる。もう半分は火星人だ。やっぱり今夜おこるさ」

「火星人はおれたちをどうする気だろう？」

ウォルターは肩をすくめた。「何もしないさ。連中の気持もわかるよ。指一本あげることなく、なんの用意もしなくて、花火が見物できるんだからな。おれたちを生かしておいたほうが、連中にしてもおもしろいんじゃないか。おれたちは、いわば自分の尻尾に火をつけてしまった文明の遺物なんだ」

ビルはゆっくりと煙をはきだした。「イリノイに親父がいるんだ。今夜もレイク・ブラフにいるだろうな。徹底した反共主義者だったが」

「ほんとうか？」チャーリーが短く笑った。「一九八〇年の夏に、レイク・ブラフを三回通ったことがあるよ。おれが十二のときだ」

「それもおしまいさ」とビルがいった。

タバコの火だけが光る闇のなかに、彼らはすわっていた。遠く、走る足音、叫び、笑い声、それはしだいに大きくなった。カーニバルの音楽がひびき、爆竹が鳴り、口笛が吹き鳴らされた。傾いた石の家々のなかでロウソクが消され、それにつれて人影が通りにあふれはじめた。

「みんな屋根にあがっていく」ビルが小声でいった。「山へ行く連中もいるようだな。夜の山へピクニックか。弁当を持って、頂上にすわって、ショウが始まるのを待つ。愛の言葉もひとつふたつ。けっこうなものだ」

「いい夜だな。おい、夏のシカゴに行ったことがあるか?」とつぜんチャーリーがきいた。「暑かった。死ぬかと思った」

町の明かりはいまやすべて消えていた。静まりかえった山の斜面では、人びとが空を見守っていた。

「変だな」とビルがいった。「いま、ふとウィスコンシンのメリン・タウンでおれがかよっていたセントラル・スクールのことを思いだした。もう何年も考えたことはなかったのに。ララビーというオールド・ミスの先生がいてね——」彼はいいよどみ、ワインを飲み、それっきり口をつぐんだ。

ウォルターの息子が息せききって階段をあがってきた。

「もう時間？」ジョーは父親の膝にとびのった。

「村の子供たちといっしょにいるんじゃないのかい？」ウォルターがきいた。

「ううん、パパといっしょにいるよ」とジョーはいった。「だって、パパはニューヨークで生まれたんだもの」

「ありがとうよ」とウォルターはいった。

「今夜の花火はだれが計画したの、パパ？」

「それがわかればな」

東の空に、みどりの星がのぼった。

下方の町で、ざわめきがおこった。

「空にあるあれが地球、パパ？」

「うん」

「花火のこと教えてよ、ねえ」

「たくさんの人が、たくさんのお金と長い時間をかけて作るんだよ」

「どれくらいの時間？」

　ウォルターは息子をだきしめた。夜風が震えながらゆっくりと町の通りを吹きすぎていった。「なんにも見えないよ」とジョーがいった。「しっ」父親がささやいた。彼らは息を殺した。

　空には、みどりの地球がくっきりとうかんでいる。

「なんだ」とチャーリーがいった。「あれは嘘だったんだ。いっちょう新しいびんをあけて――」彼は立ちあがろうとした。

　空が爆発した。

「やった！」とビルが叫んだ。

　空が白く燃えあがり、彼らはのけぞった。

　炎につつまれ、地球はみるまにふくれていった。通常の大きさの二倍に、そして四倍に。炎が音もなく闇を押しのけた。巨大な緑と赤の照明弾のように、山の斜面や、家の窓や、屋根や、谷間や、川や長い運河や干あがった海にいる人びとのあおむいた顔に、光はふりそそいだ。白い炎は、待ち構えていた三人の男の視界のなかでつかのま燃えた。

　光が薄れた。

山の斜面から、感嘆のどよめきがわきおこった。太鼓を打ち鳴らす音、叫び。ジョーは父親に顔を向けた。「あれだけ？」

三人の男の力の抜けた手には、火のついていないタバコがあった。

「あれだけさ」眼をとじたままウォルターはいった。「ショウは終わったんだよ」

「今度はいつやるの？」ジョーがきいた。

ウォルターはすばやく腰をあげた。「ほら、ここに地下室の鍵(かぎ)がある。おりていって、ワインを四本持ってきなさい。いい子だ。さあ、急いで」

涼しいバルコニーに声もなくすわるうち、少年がびんをかかえて地下室からあがってきた。

対　象

Referent

ロビー・モリスンはおちつかなかった。夏の日ざかりのなかを行く彼の耳には、海岸に打ち寄せる波の潤いのあるとどろきが聞えていた。薫育島には、みどりの静けさがおりている。

時は一九九七年。だがロビーにはどうでもよいことだった。

周囲には、彼がこの十年間うろつきまわった庭園がある。いまは瞑想の時間。庭園の壁のむこう、北のほうには、彼や仲間の少年たちが睡眠をとる、特製ベッドをそなえた高IQ児童宿舎が連なっている。朝になると、少年たちは罎のコルク栓みたいにベッドからとびだし、シャワー室にかけこみ、食物をのみくだし、真空チューブに吸いこまれて、島を半分がた横断したところにある意味論教室に運ばれるのだ。それから生理学教室へ。生理学が終わると、彼は地底を吹きとばされて戻り、庭園の巨大な壁にとりつけられた弁から解放される。そして島の心理学者たちの処方にしたがって、瞑想と称するこのくだらない欲求不満のときをすごすのだ。

ロビーも自分なりに意見を持っていた。「ほんと、くだらないや」

きょうのロビーは反抗心に燃えていた。彼は海をにらみつけ、寄せては返す波のように、自由に行ったり来たりできればいいなと思った。その眼は暗くかげり、頬は上気し、小さな両手は神経質にぴくぴくと震えていた。

庭園のどこかで、チャイムがやわらかく鳴りひびいた。瞑想が終わるまで、まだあと十五分も待たなきゃならない。はっ！　それから、剝製師が死んだ鳥に綿をつめこむように、死んだ胃袋に食事をつめこむため自動食堂へ。

そして科学的に純粋な昼食をすませると、またもチューブを通って社会学教室へ。もちろん、暖かいみどりの午後が夕暮れに近づくころには、中央庭園で各種のゲームが始まる。どこかの小心な心理学者が、悪夢にみちた眠りのなかからひねりだしたゲーム。そう、これは未来なのだ！　だから、きみは、過去の人びとが——一九二〇年、一九三〇年、一九四二年の人びとが予言したとおりに生きなければならないのだ！　何もかもが新鮮で、さわやかで、衛生的、ただもう最高に新鮮な生活！　子供にコンプレックスを植えつける、いじわるな年老いた両親はどこにもいない。すべてが管理されているのだよ、坊や！

ロビーには、何か珍しいものにとびつく気構えが完全にできているはずだった。ところが、そうではなかった。

一瞬のち、その星が空から落ちてきたときも、腹だたしさがいっそうつのっただけだった。

星は回転楕円体だった。それは地上に激突し、ごろごろところがって熱いみどりの草の上にとまった。小さなドアがぱくんとひらいた。

このできごとは、ロビーにぼんやりとひとつの夢を思いださせた。フロイト・ブックへの記載を、けさ彼が頑として拒んだ夢。ロビーが夢のことを考えていたまさにその瞬間、その星のひらいたドアから、何か〝もの〟が現われた。

何か〝もの〟が。

子供の眼は、はじめてのものを見ると、それを身近なものにしてしまわないではいない。ロビーには、回転楕円体から歩みでたその〝もの〟の正体がつかめなかった。そこで顔をしかめながら、それが何にいちばん似ているかを考えた。

とたんに、その〝なにもの〟かはあるものになった。

暖かい空気がたちまち冷えきった。光がゆらめき、形が変り、溶け、うごめき、そのものは確としたあるものに発達していった。

金属の星のかたわらに、背の高い、やせた、青白い男が、驚いたようすで立っていた。男はおびえたピンクの眼をしていた。震えている。

「なんだ、おまえなら知ってるよ」ロビーは失望していた。「ただの砂男じゃないか（子供の眼に砂をまいて眠りをさそうという伝説の睡魔）」

「砂——男？」

見知らぬ男は、溶けた金属からたちのぼる熱気のようにわなないた。震える両手をあわてて上げ、今まで見たこともふれたこともないかのように、長い銅色の髪をまさぐった。何もかもが目新しいものであるかのように、砂男は自分の両手、両足、体を恐怖の眼で見つめた。「砂、男？」いかにもいいにくそうだった。話すこともはじめてなのだ。逃げだすようすを見せたが、何かが彼をひきとめた。

「そうさ」とロビーはいった。「毎晩おまえの夢を見るんだもの。おまえの考えることだってわかってるよ。ぼくたちの先生はいってる、意味論的には幽霊とか鬼とか、妖精とか砂男なんかはみんなレッテル——指示する対象の存在しない名前なんだって、ありもしないものなんだって。だけど、そんなことどうだっていいんだ。ぼくたち子供はそういうことなら、先生よりよく知っているんだから。おまえがここにいるということは、先生たちがまちがっていることの証明さ。やっぱり砂男はいるんだ、ほら」

「わたしにレッテルを貼らないでくれ！」とつぜん砂男は叫んだ。事情がのみこめてきたようだった。どうしたものか、たとえようもないほどおびえている。そして自分の細長い新しい体を、まるでそれが恐怖のみなもとであるかのように、つねり、ひっぱり、まさぐっている。「わたしに名前をつけないでくれ、レッテルを貼らないでくれ！」

「え？」

「わたしは対象なんだ！」砂男は金切り声でいった。「レッテルじゃない！　ただの対象なんだ！　行かせてくれ！」

ロビーは、猫のような小さなみどりの眼を細めた。「それじゃ――」両手を尻においた、「グリル先生がおまえをよこしたんだろう？　きっとそうだ！　これも心理テストのひとつなんだ！」

陰湿な怒りにかられ、ロビーの顔は紅潮した。先生たちは決して彼から眼をはなそうとしない。彼のゲームや食べものや教育を選別し、友だちや父や母をとりあげ、今度は――いたずらまでしかけてきたのだ！

「わたしはグリル先生にいわれて来たんじゃない」砂男は泣きつくようにいった。「聞いておくれ、だれかがこんなわたしを見つけて、収拾がつかなくなってしまう前に!」

ロビーは力まかせに蹴りつけた。砂男はとびさがり、あえいだ——

「聞いておくれ。わたしは人間じゃない! きみは人間だ!」男は叫んだ。「この世界に住むきみたちの肉体は、思考が作りあげたものなんだ! きみたちはみんなレッテルに支配されている。だが、わたしは——わたしは純粋な対象なんだ!」

「嘘つき!」ロビーはさらに蹴りつけた。

砂男はもどかしげにしゃべりつづけた。「ほんとうなんだよ、坊や! 何世紀ものあいだに、思考がきみたちの原子を今のようなかたちに作りあげてしまったんだ。その信念を、きみの友だちや先生や両親の信念をくつがえし、ぶちこわしさえすれば、きみたちはどんな形態だってとることができる、純粋な対象になれるんだ! 自由、解放、人間性、あるいは時間、空間、正義、何にでも!」

「グリルがよこしたんだ。あいつはしょっちゅうぼくをつつきまわすんだから!」

「ちがう、ちがう! 原子の集合体は、展性の強いものなんだ。きみたち地球人は、男、女、子供、頭、手、指、足といった一定のレッテルを、当然のことのように受けいれている。きみたちは任意のものから特定のものに変ってしまったんだ」

「ほっといてくれよ」ロビーはさからった。「きょうはテストがあるんだ、考えなくちゃ」彼は岩の上に腰をおろし、両手で耳をふさいだ。

　砂男は災難を予知したように、周囲に恐怖の眼を向けた。ロビーの前に立ちはだかるうち、震えはじめ、叫びだしていた。「地球は、これ以外の一千通りもの方向に進むことができたんだ。ところが、思考はレッテルを使って、混沌とした宇宙を整理してしまった。今では物事をべつのかたちでとらえようとするものは、ひとりもいない！」

「行っちまえ」ロビーは男を鼻であしらった。

「こんな危険が待っていようとは夢にも思わず、きみのそばにおりてしまった。好奇心からだ。回転楕円体の宇宙船のなかでは、思考もわたしの形態を変えることはできない。世界から世界へ、何世紀にもわたって旅をしてきたが、こんな罠におちたことはなかった！」涙が男の顔を流れくだった。「ところが今、こともあろうに、きみはわたしにレッテルを貼り、思考でからめとり、閉じこめてしまった！　砂男という観念で。おそろしいことだ！　もう抵抗できない、元にはもどれないんだ！　元にもどれないとしたら、船のなかにもはいらない。こんな大きな体では、永遠に地球に島流し。放してくれ！」

　砂男は叫び、泣き、どなった。ロビーの心はわき道をさまよっていた。彼は黙りこくったまま、自分に問いかけていた。今いちばんしたいことはなんだろう？　この島から逃げだすことだ。くだらないや。いつもつかまってしまうんだから。じゃ、なんだろう？　ゲームかもしれない。精神指導なしに、正規のゲームをしたいな。うん、これはおもしろいぞ。缶けりでも、びんまわしでもいい、ゴムまりを庭園の壁にぶつけて受けとめるだけでもいい、たったひとりでできるのなら。そうだ。赤いゴムまりだ。

砂男が叫んだ、「やめて──」

沈黙。

赤いゴムまりが地上ではずんだ。

何回も何回もはずんだ。

「わあ！」ボールがそこにあることにロビーが気づくまで、一瞬の間があった。「どこから来たんだろう？」彼はそれを壁に投げつけ、受けとめた。「すごいや！」

ついいましがたまでわめいていた見知らぬ男のことなど、すっかり忘れていた。

砂男の姿はなかった。

庭園の暑い空気のかなたから、ゴーッという音が聞えてきた。チューブを通って高速の円筒車が、壁の円形ドアに近づいてくる。空気のもれるかすかな音とともに、ドアがめくれた。規則正しい足音が、草を踏みしだいてやってくる。鬼百合のみずみずしい額緑のなかから、グリル先生が歩みでた。

「おはよう、ロビー。おっ！」グリル先生は足をとめ、そのまるまるとしたピンクの顔に、足蹴りをくらったような表情をうかべた。「何を持っているんだね？」

ロビーはその物体を壁にぶつけて、はねかえらせた。

「これ？　ゴムまりです」

「え？」グリルは小さな青い眼をしばたたき、細めた。そして緊張をといた。「うん、もちろん、そうだな。いや、ちょっと見たとき——何か——うう——」

ロビーはさらに何回かボールをはねかえらせた。

グリルは咳ばらいした。「昼食だよ、瞑想の時間は終わった。それにしても、ロック長官は、きみがそういう異端のゲームをするのをお喜びにならないだろうね」

ロビーは口のなかで悪たいをついた。

「ほう、そうか、それならいいとも。遊びなさい。わたしは告げ口はしない」グリル先生は寛大だった。

「遊びたくなくなりました」サンダルの先で地面をつつきながら、ロビーは不機嫌にいった。先生たちは何もかもぶちこわしにしてしまう。許可がなければ、ゲロを吐くこともできやしない。

グリルは少年の気をひこうとした。「いま昼食をとりに来れば、あとでシカゴのお母さんに映話をかけさせてあげよう」

「制限時間二分十秒、それ以上もそれ以下もだめ」それがロビーの辛辣な返事だった。

「きみにはどうも素直さがないようだな」

「いつかここから逃げだしてやる。そのとき吠え面をかいたって知らないぞ！」

グリルは舌を鳴らした。「すぐに連れもどされるのがおちだよ」

「こんなところへ連れてきてくれなんて頼みもしなかったのに」ロビーは唇をかみ、新しく手にはいった赤いゴムまりを見つめた。と、それが、なんというか、どういったらいいのか、つまり——動いたように見えた。変だな。彼は片手でボールをつかんだ。ボールが震えた。

グリル先生は彼の肩をたたいた。「きみのお母さんは神経症にかかっておられる。わるい環境だ。きみにはこの島のほうがずっといいんだ。ＩＱも高いし、こうしてほかの天才少年たちといっしょに暮せるのは名誉なことなんだよ。わたしたちは、きみの不安定でふしあわせな心をなおそうとしているんだ。やがて、きみはお母さんの完全なアンチテーゼになるだろう」

「ぼくは母を愛しています！」

「母が好きです」グリルはそっと訂正した。

「ぼくは母が好きです」ロビーはうろたえていった。押しもしないのに、手のなかで赤いボールがぴくぴくと動いた。彼は眼を瞠った。

「お母さんを愛したりすれば、きみはますます自分を苦しめることになるだけだ」

「ばか、先生なんか神さまに呪われてしまえ」

グリルは態度を硬化させた。「悪たいをつくのはやめなさい。それに、神だの呪いだのというのは意味のないことなんだ。この世にそんなものはない。『意味論』第七巻四百十八ページ。『レッテルと対象』の項だ」

「あっ、それで思いだした！」ロビーは叫び、あたりを見まわした。「さっきここに砂男がいて、それが——」

「来なさい」とグリル先生はいった。「昼食の時間だよ」

食事は、ロボット給仕機から伸縮バネにのって現われた。ロビーは黙って卵形の皿とミルク球をうけとった。ベルトの下に隠した赤いゴムまりは、心臓のように脈打ち、鼓動していた。ゴングが鳴った。彼はそそくさと食べものをのみこんだ。チューブへの押しあいへしあいが始まった。子供たちは羽毛のように吹きとばされて島を横切ると、社会学教室へはいり、そのあとゲームを始めるためにもどってきた。数時間がすぎた。ロビーはこっそりと庭園へ抜けだし、たったひとりになった。この狂ったような終わりない日課への憎悪、教師や仲間の少年たちへの憎悪が、にごった奔流となって内を流れていた。彼はひとり腰をおろし、遠くにいる母のことを思った。どんな顔をしていたか、どんなにおいだったか、どんな声だったか、どんなふうに手をさしのべ、自分をだきしめ、キスしてくれたか、つぶさに思いだしていた。彼は両手に顔をうずめ、手のひらに小さな涙のしずくをためた。

赤いゴムまりが落ちた。

どうでもよいことだった。心にあるのは、母のことばかりだった。

叢林がゆれた。何かが眼にもとまらぬ速さで動いた。

深い草むらを女が走ってゆく！

女はロビーから逃げだす途中、足をすべらせ、悲鳴をあげて倒れた。

日ざしのなかで何かがきらめいた。女は銀色にきらめく物体をめざしているのだった。回転楕円体。銀色の航星船だ！　それにしても、女はどこから現われたのだろう？　なぜあの船へ逃げこもうとしているのか？　彼女は起きあがれないようだった。ロビーは岩からとびおり、走った。そして追いつき、女の前に立ちはだかった。

「お母さん！」ロビーは金切り声をあげた。

雪が融けるように女の顔は流れ、変化し、つぎの瞬間、鋳型にはめこまれたように、確とした整った顔だちになった。

「わたしはあなたの母ではありません」と女はいった。

ロビーには聞えなかった。わななく口からもれる自分の息づかいが聞えるだけだった。驚きのあまり力がぬけ、立っていることもおぼつかなかった。ロビーは彼女に両手をさしのべた。

「わからないの？」女の表情は冷たかった。「わたしはあなたの母ではありません。わたしにレッテルを貼らないで！　どうして名前がなくてはいけないの？　わたしを船に帰して！　さもないと、あなたを殺すわよ！」

ロビーはうろたえた。「お母さん、ぼくだよ。息子のロビーだよ！」母親にすがりついて泣き、この長い幽閉生活のことを話したい、願いはそれだけだった。「お願い、思いだしてよ！」

すすり泣きながらロビーは歩みより、女に倒れかかった。

女の指が、彼の喉をとらえた。

そして首をしめはじめた。

彼は悲鳴をあげようとした。悲鳴は喉元でつまり、はりさけそうな肺へと押しもどされた。彼は足をばたつかせた。

女の指に力が加わり、眼の前がしだいに暗くなってゆくなかで、ロビーは彼女の冷たい激しい怒りの形相の奥にある解答を見出していた。

彼女の顔の奥底に見えるのは、砂男の残滓だった。

砂男。夏空から落ちてきた星。この〝女〟がめざしていた銀色の球体、宇宙船。砂男の消失、赤いボールの出現、赤いボールの消失、そしていま彼の母親の出現。すべてつじつまがあう。

女は彼を殺そうとしている。

鋳型。流し型。思考習性。様式。物質。人類の歴史、彼の肉体、宇宙の万物。

彼の思考を停止させれば、彼女は自由になるのだ。

思考。闇。今では体を動かすことも満足にできなかった。力が萎えてゆく、萎えてゆく。彼は〝それ〟を自分の母だと考えた。が、そうではなかった。そういうこととは関わりなく、〝それ〟は彼を殺そうとしている。もしほかのことを考えたら、どうなるだろう？　とにかくやってみよう。やってみるんだ。彼は蹴りあげた。荒涼とした闇のなかで、必死に思念を集中した。

泣き声があがり、彼の〝母〟はみるまにしぼんでいった。

彼はなおも思念をこらした。

女の指が小さくなり、喉から離れた。鮮明な顔の線がくずれた。女の体はちぢまった。

自由をとりもどしたのだ。彼はあえぎながら起きあがった。

叢林のむこうに、日ざしを受けて銀色の球体が見えた。よろめく足でそこへむかううち、ひとつの計画が心のなかにかたちをとり、胸のうずくようなスリルに彼は歓声をあげた。

ロビーは勝ち誇った笑い声をあげた。ふたたび〝それ〟を見やる。眼の前で、女の形骸はロウが溶けるように変化していった。彼はそれを今までとはちがったものに作り変えた。

庭園の壁が震動している。円筒車が真空チューブをあがってくるのだ。グリル先生だろう。急がなければ、計画はだいなしになってしまう。

ロビーは回転楕円体にかけより、なかをのぞいた。コントロール装置は単純なものだった。彼の小さな体がすっぽりおさまるくらいのスペースがある――もし計画が成功すればの話だけれど。うまくいくはずだ。うまくいくにきまってる！

庭園は、近づく円筒車の轟音にゆれていた。ロビーは笑った。グリル先生なんか地獄に落ちてしまえ。島も何もかも。

彼は船内にもぐりこんだ。知らないことはたくさんあるけれど、だんだんわかってくるだろう。彼はまだ学びはじめたばかりにすぎない。だが、そのわずかな知識が彼のいのちを救ったのだ。もっといろんなことができるだろう。

うしろで叫び声がした。聞きなれた声だった。あまりにも聞きなれた声なので、身震いがでたほどだった。下ばえを踏みしだく少年の足音が聞えた。小さな足、小さな体。小さな声が嘆願している。

ロビーは船のコントロール装置をつかんだ。逃げるんだ。だれにも気づかれず、あとかたも残さず。なんて簡単なんだろう。すばらしいじゃないか。これならグリル先生にもわかりっこない。

球体のドアがしまった。

ロビーを乗せた星は、夏空に舞いあがった。

庭園の壁にある弁から、グリル先生が歩みでた。彼はロビーの姿をさがし求めた。小走りに小径を行く彼の顔に、暑い日ざしが照りつけた。

あそこだ！　前方のひらけた土地に、ロビーが見えた。小さなロビー・モリスンは空を見上げ、こぶしをかためて、だれにともなくどなっていた。すくなくともグリルの眼には、だれの姿も見えなかった。

「おおい、ロビー」

呼びかけられて、少年はぎくりとふりむいた。その姿がゆらめいた——色が、密度が、質感が変化した。グリルは眼をしばたたき、それを陽光のせいにした。

「ぼくはロビーじゃない！」と少年は叫んだ。「ロビーのやつは逃げちゃったんだ！　身がわりにぼくをおいて、先生にあとを追われないようにしたんです！　ぼくまでだまされてしまった！」少年は激しく泣きじゃくり、金切り声でいった。「いやだ、いやだ、ぼくを見ちゃいけない！　ぼくをロビーだなんて思わないでください、そんなことをしたらどうしようもないことになってしまう！　先生はあの子がいるものと思って来たもんだから、ぼくを見つけてロビーにしちゃったんです！　こんなふうに鋳型にはめこまれたら、もう永久に変ることができないんだ！　ああ、神さま！」

「さあさあ、ロビー——」

「ロビーは二度と帰ってこないんだ。ぼくはいつまでもロビーのまま。今までは、赤いボール、女、砂男。でも信じてください、ぼくは原子なんです、どんなかたちでもとれる原子なんです。放してください！」

グリルはそろそろとあとずさりした。にが笑いをうかべている。

「ぼくはただの対象なんです。レッテルじゃありません！」少年は叫んだ。

「よしよし、わかった。さて、それじゃね、ロビー、ロビー、ここで待っているんだよ、この場所で、先生は、いいかね、先生は心理学科を呼びだすから」

まもなく助手の一隊が庭園をかけてきた。

「みんな呪われてしまえ！」少年は叫び、足をばたつかせた。「神さまに呪われてしまえ！」

グリルは静かに舌を鳴らすと、円筒車に押しこまれる少年にむかっていった、「きみはまた対象のないものにレッテルを貼ろうとしているな」

チューブが彼らを地中に吸いこんだ。

夏空に星がひとつまたたいて消えた。

永遠と地球

Forever and the Earth

売れない短篇小説を七十年間書きつづけたのち、ある夜の十一時半、ヘンリー・ウィリアム・フィールド氏はやおら立ちあがり、一千万語を焼いた。古ぼけた暗い屋敷の階下へ原稿を運び、暖房炉に投げこんだのである。

「こんなものだ」と彼はいい、失われた芸術と空しく費された人生のことを思いながら、ぜいたくな骨董品にかこまれたベッドにはいった。「わしのまちがいは、二二五七年のこの狂乱の世界を描こうとしたことにあったのだ。ロケット、原子力の驚異、惑星や二重太陽への旅。だれにもできはしない。みんな試みてはいる。近代の作家たちはみんな失敗した」

宇宙は作家たちにとって大きすぎ、ロケットは速すぎ、原子科学は瞬間的すぎたのだ、と彼は思った。だが、ほかの作家たちは失敗作であれ本を出しているのに、自分はこの気ままな富のなかで、人生の大半を棒にふってしまった。

一時間ばかりそんな感慨にふけったのち、彼は手探りで寝室から書斎にはいり、グリーンのほや付き燭台をつけた。そして五十年間指一本ふれたことのなかった蔵書から、行きあたりばったりに一冊を抜きだした。三世紀の年月に黄色くなり、三世紀の年月にぼろぼろになった本だったが、彼はそのページをひらくと、明けがたまでむさぼるように読みつづけた……

午前九時、ヘンリー・ウィリアム・フィールド氏は書斎からとびだすと、召使いを呼びたて、弁護士や、友人、科学者、作家に電話をいれた。

「すぐに来てくれ！」と彼は叫んだ。

一時間足らずで、十人あまりの人びとが書斎にかけこんできた。ヘンリー・ウィリアム・フィールドは、わきあがる奇妙な喜びにわれを忘れたように、ひげののびた、熱っぽい顔をあげ、なんとも見すぼらしい恰好ですわっていた。彼はひからびた両手に分厚い本を持ち、だれかが朝のあいさつをしただけで高らかに笑った。

「ここに一冊の本がある」ようやくそういうと、本をさしあげた。「ひとりの巨人が書いたものだ。一九〇〇年、ノース・カロライナ州アッシュヴィルに生まれた男だ。彼は塵にかえって久しいが、四冊の大著を発表している。この男は、つむじ風だった。山を持ちあげ、風を集めた。そして一九三八年九月十五日、ボルティモアのジョンズ・ホプキンズ病院で、ベッドのかたわらに鉛筆書きの原稿をトランクいっぱいに残し、結核で死んだ。結核というのは、むかしのおそろしい病気だ」

一同はその本を見つめた。

『天使よ故郷を見よ』

彼はさらに三冊の本をとりだした。『時間と河』『蜘蛛の巣と岩』『汝ふたたび故郷に帰れず』

「作者はトマス・ウルフ」と老人はいった。「ノース・カロライナの地中にもう三世紀も冷たく横たわっている」

「死人の書いた四冊の本を見せるために、われわれを呼んだというわけか？」友人たちは抗議の声をあげた。

「それだけじゃない！　きみたちを呼び集めたのは、トム・ウルフこそわれわれが必要としている男だと思ったからだ。時間や空間のこと、星雲とか銀河戦争、流星とか惑星、そういう巨大なものについて書けるのは、この男しかいない。彼が愛し、書き記したのは、すべてそういう混沌としたものばかりだった。早く生まれすぎたんだ。はるかに大きなものを扱う資格があったのに、地上にはそれが見つからなかった。十万日前の朝に生まれるかわりに、きょうの午後生まれるべき男だったのだ」

「ちょっと手遅れだったようですな」とボルトン教授がいった。

「手遅れだったらいうものか！」老人はいいかえした。「わしは現実に打ち負かされはせんぞ！　教授、きみは時間旅行の実験をしていたな。今月中にきみのタイム・マシーンを仕上げてくれ。ここに小切手がある、白地の小切手だ、勝手に書きこみたまえ。もっと金が必要なら、そういってくれ。もうぼつぼつ時間旅行を始めているんだろう？」

「ここ数年の範囲内ではね。しかし世紀の単位では――」

「世紀の単位まで引き上げようじゃないか！　ほかの諸君は――」老人ははげしく光る眼差し(まなざし)で一同を見まわした。「――ボルトンに協力してくれ。トマス・ウルフをぜひとも連れてきたいのだ」

「なんだって！」一同はたじろいだ。

「そうだよ。それが計画なんだ。ウルフをわしのところに連れてくること。この男にしかできない、地球から火星への飛行の叙述を完成させるために、われわれは力を合わせるんだ！」

一同が去ったあとも、彼はまだ本に埋もれた書斎でひとりうなずきながら、乾いたページを繰っていた。「うん。そうだ、トムならできる。トムなら最適任だ」

一カ月がゆっくりと過ぎていった。一日一日が腹のたつほどの強情さでカレンダーにしがみつき、一週一週がいすわりつづけ、ついにヘンリー・ウィリアム・フィールド氏は心のなかで悲鳴をあげはじめた。

その月の終わり、フィールド氏は真夜中にめざめた。電話が鳴っている。彼は闇のなかに手をのばした。

「はい」

「ボルトン教授です」

「なんだね、ボルトン？」

「一時間以内に発ちます」

「発つ？　発つって、どこへ？　辞める気か？　それは許さんぞ！」

「フィールドさん、わかりませんか、出発するんですよ」

「それでは、ほんとうに行くのか？」

「一時間以内にね」

「一九三八年へ？　九月十五日へ？」

「そうですよ！」

「日付はちゃんと書きとめてあるのか？　彼が死ぬまえに着くんだな？　しくじるんじゃないぞ！　余裕をとって臨終の一時間前には着いたほうがいい、そう思わんか？」

「それくらいの余裕はとれます」

「興奮して受話器を持っていられない。幸運を祈るよ、ボルトン。無事に彼を連れてきてくれ！」

「わかりました。では」

電話が切れた。

ヘンリー・ウィリアム・フィールド氏は、秒を刻む夜をじっと横たわってすごした。彼の心にあるトム・ウルフは、彫刻された冷たい石の下から無傷のまま運びだされ、ふたたび血と火と言葉をとりもどした、失われた兄弟だった。時の風に乗って、異なるカレンダー、異なる人びとの世界へ飛んでゆくボルトンのことを思うたびに、彼は身震いするのだった。

トム、と老人は無言でいった。とうのむかしに死んだ愛する子供を求めるように、夢うつつのぬくもりのなかでかすかに呼びかけた。トム、今夜きみはどこにいるのだ、トム？　さあ、ここに来てくれ、われわれが力を貸してあげる、どうしても来てほしいのだ、きみが必要なんだ。わしには書けなかったんだよ、トム、ここには書けるものはないのだ。だから、自分で書くことの次善の策として、トム、きみに力を貸し、書いてもらおうと思うのだ。トム、きみならロケットを爪楊枝みたいにもてあそぶことができる。ひと握りの水晶のかけらのように、星ぼしがきみのものになるのだ。きみの心の欲するものは、すべてここにある。炎や旅行が好きなんだろう、トム、それがきみを待っているのだ。そりゃ、今の時代にも作家はごまんといる、わしはみんな読んでみたんだよ、トム、ところがきみとは比べものにならんのだ。彼らの作品を求めて図書館をあさりまわったが、宇宙にふれたものはひとつもなかった。だからこそ、きみが必要なんだ、トム！　この老人の願いをかなえておくれ、真実わしは待ちに待ったんだ、わしでなければ、ほかのだれでもいい、いつか星ぼしを描いた偉大な本を書いてくれるだろうと。それも徒労だった。だから、今夜のきみがどんな姿であろうと、トム・ウルフ、大きくなっておくれ。きみが書こうとしていた本なのだ。息をひきとるとき、きみのなかにあったと批評家たちがいう優れた本が、それなのだ。きみにチャンスを与えよう、やってくれるか、トム？　われわれの声に耳を傾け、こちらへ来てくれるか、今夜そちらを発ち、あくる朝わしがめざめたとき、ここにいてくれるか？　そうしてくれるね、トム？

熱っぽい問いかけがつづくうち、老人のまぶたはとじた。眠りにおちた口のなかで、舌の動きがとまった。

時計が四時を打った。

朝の白い冷気のなかにめざめた彼は、うちに興奮がわきあがるのを感じた。まばたきをするのもためらわれた。この屋敷のどこかで彼を待つものが、逃げだし、ドアをしめ、永久に消え去ってしまうのではないかとおそれたのだ。彼は両手をあげ、うすい胸をつかんだ。

遠く……足音……

ドアがつぎつぎとひらいてはとじた。二人の男が寝室にはいってきた。

フィールドは、彼らの息づかいを聞くことができた。それぞれの足音が人柄(ひとがら)を伝えていた。ひとつは、小刻みで正確な蜘蛛の足音、ボルトンだ。もうひとつは、大男の足音、大きな重い男の足音だった。

「トムか？」老人は声高にいった。眼(め)はとじたままだった。

「はい」ようやく返事があった。

育ちざかりの子供が小さくなった上衣(うわぎ)の裏地を裂くように、トム・ウルフは、フィールドの想像力の継ぎ目を引き裂いた。

「トム・ウルフ、きみの姿を見せてくれ！」一度だけいったつもりなのに、すでに十回あまりも同じ言葉をいってきたように思えた。激しい震えにおそわれながら、彼はベッドからころがり出た。「どうかブラインドをあげておくれ、わしはよく見たいんだ！トム・ウルフ、きみなんだな？」

見知らぬ世界にまだおちつけないようすで両手をひろげたまま、トム・ウルフはそのどっしりした長身から老人を見おろした。そして部屋に眼をやった。口元が震えていた。

「みんながいっているとおりの人だな、トム！」

トマス・ウルフは笑いだした。発狂したか、悪夢を見ているとでも思っているのだろう、割れんばかりの哄笑だった。老人に近づき、その体にふれ、ボルトン教授を見やり、自分自身の感触、手足の感触をたしかめ、試しに咳をし、自分のひたいにさわった。

「熱がさがっている」と彼はいった。「もう病気じゃない」

「もちろん病気なんかであるものか、トム」

「なんて夜だ」とトム・ウルフはいった。「苦しい夜だった。今までだれもかかったことのないような重い病気で寝ているんだと思っていた。体がうかぶような感じがした。熱のせいだと思った。体が動いてゆく感じがした、死ぬんだなと思った。男が近づいてきた。神の使いだと思った。男はぼくの手をとった。電気が走った。ぼくは舞いあがり、空を飛び、真鍮の都市を見た。着いたんだと思った。これは天の都だ、門がある！雪のなかに放りだされた男みたいに、頭のてっぺんから足の爪先までしびれていた。笑わなければ、何かしなければ、気が狂ってしまいそうだった。あなたは神じゃないんだろう？ そうは見えない」

老人は笑った。「とんでもない、神じゃないよ、トム、神の真似はしているが。わしはフィールドだ」老人はまた笑った。「おっと、そうだったな。きみが知っていて当然だというような自己紹介をしてしまった。わしは資本家のフィールドというものだ。トム、おじぎをしてくれ、薬指にキスしてくれ。わしはヘンリー・フィールド、きみの作品が気にいっている。きみをここに連れてきたのは、このわしだ。ここにきたまえ」

老人は彼を巨大な水晶の窓のそばへ引きよせた。

「あの空の光が見えるな、トム？」

「見えます」

「あの花火が？」

「ええ」

「あれはきみが考えてるようなものじゃない。七月四日じゃないんだよ、トム。常識的な意味ではな。今では毎日が独立記念日なんだ。人類は地球の解放を宣言した。盲目的な引力は打ち捨てられた。革命の成果はあがりつづけている。あの緑色のローマ花火は、火星へ行くのだよ。あの赤い火、あれは金星ロケットだ。それからほかにも、ほら、黄色いのと青いのが見えるだろう？　ロケットなんだ、どれもこれも！」

　七月の宵の華やかな光の乱舞にわれわれを忘れた大きな子供のように、トマス・ウルフは眼をこらした。燐光と、きらめきと、爆発音をともなって回転する仕掛け花火。

「今は何年なんです？」

「ロケットの年さ。これを見なさい」そして老人はかたわらの花々に手をやった。触感に刺激されて、花はひらいた。花びらは青と白の炎のようだった。冷たい長い花弁は、きらめき、燃えあがった。花の大きさはさしわたし六十センチもあり、秋の月の色をしていた。「月花だ」と老人はいった。「月の裏からとってきたんだ」花びらをそっとはらうと、それらは銀の雨、白い火花の吹雪となって床に降りそそいだ。「ロケットの年。きみにふさわしい題名だろう、トム。だから、きみを呼びよせた、きみが必要だったからだ。きみこそ、つまらない燃えかすになることもなく太陽を扱える男だ。太陽を手玉にとってほしいんだ、トム、星ぼしや、そのほか火星への旅の途中で眼にはいるすべてを」

「火星？」トマス・ウルフはふりかえり、老人の腕をとると、信じられぬようにかがみこんで老人の表情を探った。

「今夜。出発は六時」

老人はピンクの切符をひらひらさせ、トムが手をさしだすのを待った。


その日の午後五時。「そりゃ、もちろん、みなさんのしてくれたことには感謝していますよ」とトマス・ウルフは大声でいった。

「すわりたまえ、トム。歩きまわるのはやめてくれんか」

「とにかく最後までいわせてください、フィールドさん。いいたいことがあるんだ」

「もう何時間も議論したじゃないか」へとへとになって、フィールド氏は泣きついた。

二人は朝食から昼食まで、お茶の時間まで話しつづけ、十あまりの部屋をさまよい、百回あまりも議論をくりかえし、汗をかき、寒くなるまで汗をかわかし、そのうえにまた汗をかいたのだった。

「要するに、こういうことなんだ」やがてトマス・ウルフはいった。「ぼくはここにとどまるわけにはいかないんです、フィールドさん。帰らなくては。これはぼくの時代じゃない。あなたには干渉する権利は――」

「だが、わしは――」

「ぼくは仕事中だった、もっといい作品を書こうと思っていた。なのに、あなたは三百年も未来にぼくを引っぱってきてしまった。ボルトンさんを呼んできてください。その機械かなんかにぼくを入れて、一九三八年にもどしてほしい、ぼくの属すべき場所と時代に。お願いしたいのは、それだけです」

「しかし、きみは火星を見たくはないのか？」

「それは見たいですよ。だが、火星はぼくにはふさわしくない。書けなくなってしまう。そんなに大きな経験をつんだら、帰ってから何か書こうにも作品のなかにおさまりはしない」

「きみはわかっていないのだ、トム、わかっていないのだ」

「あなたが利己的だということはわかっていますよ」

「利己的？　そうだ」と老人はいった。「自分のためにも、この時代の人びとのためにも、利己的であったことは認める」

「ぼくはうちに帰りたいのだ」

「聞いてくれ、トム」

「ボルトンさんを呼んでほしいね」

「トム、これをきみにいいたくはなかった。いわなくてもすむと思った、いうまでもないだろうと。だが、もうこの方法しかない」老人は右手を、たれ幕のかかった一方の壁にのばした。そして幕をひくと、大きな白いスクリーンを見せ、ダイアルを数回まわした。あざやかな色彩がまたたきながらスクリーンにうかびあがり、部屋がしだいに暗くなり、二人の眼前に墓地の風景がかたちをとった。

「何をしているんだ?」ウルフは大またに進み出て、スクリーンを見つめた。

「こんなことをしたくはないんだ」と老人はいった。「あそこを見なさい」

墓地は、夏の昼さがりの日ざしのもとにひろがっていた。スクリーンからは、夏の大地と御影石(みかげいし)のにおいが、近くの小川のにおいがただよってくる。樹々(きぎ)のなかで、一羽の鳥が鳴いた。墓石のあいだで、赤や黄色の花がうなずいている。映像が移動し、空が回転し、老人の手が大写しのダイアルをひねった。スクリーンの中央にあった黒い御影石のかたまりが、しだいに大きくなり、間近にせまり、さらに大きくなり、ついには視野いっぱいにひろがった。薄暗い部屋のなかで、トマス・ウルフはそこに刻まれた文字に眼を走らせ、一度、二度、三度読み返し、息苦しそうにあえぎ、もう一度読んだ。そこには、彼の名前があった——

トマス・ウルフ。

そして彼の生年月日と死亡年月日。冷たい部屋のなかに、花々とみどりの羊歯(しだ)のかおりがあまくたちこめた。

「消してくれ」とトマス・ウルフはいった。

「すまない、トム」

「消してくれ、消してくれ！　おれは信じないぞ」

「あのとおりなのだ」

スクリーンが暗くなり、部屋ぜんたいが、花々の残り香をただよわせる真夜中の地下墓地となった。

「二度と目を覚まさなかったのか」とトマス・ウルフはいった。

「そう。きみは一九三八年のあの九月に死んだのだ」

「まだ小説を書きあげていない」

「かわりのものが、きみの遺稿を注意深く研究して、まとまった本にしたよ」

「おれはまだ書きあげていない、書きあげていない」

「そう悲しがるな、トム」

「ほかにどうしようもないじゃないか」

老人は明かりをつけなかった。そんなトムを見たくはなかったのだ。「すわりたまえ」返事はない。「トム？」声はない。「すわるんだ。何か飲まないかね？」返事のかわりに聞えてきたのは、ため息と、荒々しいうめきだった。「なんてことだ」とトムはいった。「不公平じゃないか。まだやることがたくさんあったのに、不公平だ」彼は静かなすすり泣きを始めた。

「泣くんじゃない。いいか、わしのいうことを聞くんだ。きみはまだ生きてるじゃないか。ここに、いま。まだ見たり聞いたり感じたりできるだろう？」

トマス・ウルフは一分ほど沈黙し、そして「うん」といった。

「それなら、よし」老人は闇のなかに体をのりだした。「わしはきみをここに連れてきた、第二のチャンスを与えたのだ、トム。一、二カ月の余分な時間を。わしがきみの死を悲しまなかったと思うか？　きみの本を読み、きみの墓石を見たわしが、三世紀のあいだ風雨にさらされていたその墓石を前に、どんな思いをしたか想像できんことはあるまい。きみの失われた才能を惜しむあまり、死んでしまいたいような気持だった！　悲しみがわしを打ちのめしたのだ、トム。だから、わしは大金を投じて、きみに接近する策を講じた。いわば、きみは猶予期間を与えられたわけだ、長くはない、決して長い期間ではない。ボルトン教授の話だと、運さえよければ、八週間タイム・チャンネルをあけておけるそうだ。そのあいだ、きみはここにいられる。ただし、そこまでだ。その期間中に、トム、きみが書きたかった本をぜひとも書きあげ――いや、きみがあの時代で書いていた本ではない、ちがうんだ、あの時代の人びとは死んだ、過去を変えることはできない。そうではなく、こんどはわれわれのための本を書くんだ、トム、われわれ生きているもののための本を。われわれには、きみの本が必要なのだ。あらゆる点できみの旧作をはるかに凌ぐ大作、きみが誇りをもってこの時代に残していけるような本を書いてほしいのだ。書くといっておくれ、トム、あの石と病院のことを八週間だけ忘れ、われわれのために書くといっておくれ。やってくれんか、トム、やってくれんか？」

明かりがゆっくりとともった。トム・ウルフは見あげるような体を窓ぎわにおき、そとをながめていた。その大きな青ざめた顔は、疲れきって見えた。彼は暮れなずむ空を飛ぶロケットを見つめていた。「あなたのしてくれたことが、ぼくには充分のみこめていないらしい。あなたはぼくにすこしだけ余分な時間をくれた。時間は、ぼくがいちばん愛し、必要としていたものだ。しかも、ぼくが常に憎み、戦っていたものだ。あなたのいうとおりにするのが、感謝の気持をあらわす唯一の方法だろう」彼はためらった。

「その仕事が終わったら、あとはどうなるんです？」

「一九三八年の病院に帰るんだよ、トム」

「そうしなければいけないんですか？」

「過去を改変することはできない。われわれはきみを五分間借りたのだ。五分たったら、きみを病院のベッドにもどす。そうすれば何事もおこらない。そのとおりに歴史に記されている。きみが今ここにいても、未来のわれわれを傷つけることにはならないが、きみがもどらなければ過去を傷つけることになり、その結果として未来も一種の混沌状態におちいるのだ」

「八週間か」とトマス・ウルフはいった。

「八週間だ」

「そして火星ロケットは一時間以内に出発する？」

「そうだ」

「鉛筆と紙が必要ですな」

「ほら、ここにある」

「じゃあ、支度したほうがいいな。行って来ますよ、フィールドさん」

「しっかり頼むぞ、トム」

六時。日没。ワイン色に変る空。静まりかえった屋敷。夏の熱気のなかで震える老人。ボルトン教授がはいってきた。「ボルトン、どうだ、彼のようすは？　宇宙港ではどんなふうだった？」

ボルトンは微笑した。「怪物ですな、あの男は。あんまり大きいんで、特別製の宇宙服を用立てなければならない始末ですよ！　あれをお見せしたかった。歩きまわっては、いろんなものを持ちあげたり、大きな猟犬みたいにかぎまわったり、まるで十歳の子供のように興奮して何にでも首をつっこんでくるんです！」

「それはよかった、うん、ほんとうによかった！　ボルトン、きみがいったとおりの期間、あの男をひきとめておけるのか？」

ボルトンは眉根をよせた。「ご存じのとおり、彼はこの時代の人間ではありません。われわれの力が弱まれば、輪ゴムにひっかけた人形のように、彼は自分の時代にはじきとばされてしまいます。そんなことにはならないよう最善は尽しますが」

「そうだ、当然のことだ、わかるな、本を書きおわるまで決して帰してはならん。きみには――」

「ごらんなさい」ボルトンがいい、空を指さした。そこには銀色のロケットが見えた。

「あれが彼か？」老人はたずねた。

「トム・ウルフです」とボルトンは答えた。「火星へむかっています」

「がんばれよ、トム！」両のこぶしをふりあげて、老人は叫んだ。

二人は宇宙へと消えてゆくロケットの炎を見つめた。

真夜中には、物語が到着しはじめていた。

ヘンリー・ウィリアム・フィールドは書斎にすわっていた。デスクの上には、ブーンと唸りをあげる機械がある。それは月のかなたの空間で書かれた言葉をくりかえしていた。それは、百六十万キロかなたにいるトム・ウルフの熱っぽい筆跡のとおりに、黒い鉛筆で文字をつづっていた。老人は原稿がたまるのを待ってから、それを集めると、部屋のなかに立って待ちかまえているボルトンや召使いたちに読んで聞かせた。その言葉は、宇宙と時間と旅のことを語っていた。巨大な男と巨大な旅のことを、凍てついた宇宙の長い夜のなかに身をおいた気持を、すべてをのみこみ、なおも求めつづける男の飢えのことを語っていた。炎と雷と神秘にみちた言葉を、老人は読みあげた。

宇宙は十月に似ている、とトマス・ウルフは書いていた。その暗さと孤独、そのなかにいる人間の卑小さを、彼は語っていた。時のない永遠の十月、それは彼の物語のほんの一部にすぎなかった。つぎに彼はロケットのことを語りはじめた。そのにおいと金属の感触、地球をついに離れたときの宿命感と野放図な歓喜、困難と悲哀のすべて、より大きな困難とより大きな悲哀を求めての旅。そう、それはすばらしい文章だった。そこには、人間と宇宙と孤独な旅をつづけるロケットについて語られるべきことが、すべて含まれていた。

老人は声がかれるまで読みつづけ、ボルトンがあとをかわって読み、それから他のものが読み、夜はふけてゆき、やがて機械は文字をつづるのをやめた。トム・ウルフは火星をめざして飛ぶロケットのなかで床についたのだろう。しかし眠ったわけではあるまい。眠れるはずがないのだ。サーカスに行く前夜の少年のように、まんじりともせず横たわっているにちがいない。宝石をちりばめた大きな黒いテントのなかでは、今この瞬間もサーカスがつづいており、宇宙の高い針金や目に見えぬ空中ブランコの上では、百億の芸人たちが華麗なショウをくりひろげているというのに。

「さて」第一章の最後のページをそっとわきにのけて、老人は声にならぬ声でいった。「これをどう思う、ボルトン？」

「いいできですな」

「いいできなんてものじゃない！」フィールドはどなった。「すばらしいじゃないか！　もう一度読んでみろ、腰をおろして、もう一度読んでみるがいい！」

来る日も来る日も、いちどきに十時間ずつ原稿は送られてきた。なぐり書きされ、床に落ちた黄色い紙の山は、一週間で巨大な山となり、二週間で信じられぬ大きさとなり、一カ月ではまったく嘘（うそ）のように積みあげられた。

「これを聞け！」老人は叫び、読みあげた。

「それから、これも！」と老人はいった。

「この章はどうだ、この短めの長篇はどうだ、着いたばかりなんだ、ボルトン、これだけで独立した小説で、題は『宇宙戦争』、宇宙で戦うというのがどういうことかを描いている。トムは、いろんな人びとや兵士や将校や老兵に話を聞いたらしい。それを全部ぶちこんだんだ。ここには〝長い夜半〟という題のついた章、それからこちらは黒人の火星移住について、これはひとりの火星人の性格描写、まったくなんというできばえだ！」

ボルトンが咳払(せきばら)いした。「フィールドさん？」

「なんだ、なんだ、邪魔せんでくれ」

「わるい知らせがあります」

フィールドは白髪(しらが)まじりの頭をふいにおこした。「どうした？　時間が限界にきたのか？」

「ウルフに、仕事を急げといったほうがいいと思います。今週中にも接続が切れるかもしれません」ボルトンは小声でいった。

「くいとめられるなら、あと百万ドルだすぞ！」

「金の問題ではないのです、フィールドさん。今ここにあるのは、たんなる物理学の問題です。できるだけのことはします。しかし、わたしとしては、連絡したほうがいいとしかいえません」

老人は椅子(いす)のなかに沈みこんだ。その体はにわかに縮んだように見えた。「しかし、こんなに調子よくいっているときに、彼をわしから取り上げるなんてひどすぎるぞ。一時間ほど前にとどいた小説のアウトラインを見てみろ、いくつかの短篇、エピソード。ほら、ここには宇宙潮汐(ちょうせき)の話がある、これは流星の話。これは『あざみの冠毛と炎』という題のついた中篇の書きだし――」

「申しわけありません」

「今トムを失っても、もう一度連れてくることはできるのか？」

「これ以上時間に干渉するのはどうも」

老人の体が凍りついたようだった。「それなら、することはひとつしかない。鉛筆で書くのでは時間がかかりすぎる。できるならウルフにタイプライターを使わせるんだ、口述でもいい。何か機械を使うことはできるはずだ。やってみてくれ！」

夜から夜明けへ、そして昼へ、機械は刻々とはたらきつづけた。老人はときおり軽いまどろみにはいるだけで、機械がカタカタと音をたてはじめると、眼(め)をしばたたきながら目覚めるのだった。そして彼のなかには、もうひとりの人間の心を通過した宇宙と旅と存在のすべてが展開するのだった。

「……星をちりばめた広大な宇宙の牧場は……」

機械がガタンといった。

「つづけるんだ、トム、やつらに思い知らせてやれ！」老人は息をころした。

電話が鳴った。

ボルトンだった。

「くいとめられません、フィールドさん。あと一分以内に接続が切れます」

「なんとかしてくれ！」

「無理です」

テレタイプがカタカタといった。冷たい陶酔と恐怖のなかで、老人は黒い線がかたちづくられるのを見守った。

「……火星の町々、信じがたいほど巨大で、高山から途方もない雪崩となって落下し、輝く堆積と化して動きをとめた無数の石のように……」

「トム！」と老人は叫んだ。

「もう駄目だ」電話口でボルトンがいった。

テレタイプはためらい、一語打ち、そして沈黙した。

「トム！」老人は金切り声をあげた。

テレタイプをゆさぶった。

「無駄なことです」電話の声はいった。「行ってしまいました。タイム・マシーンを閉鎖します」

「いや！　あけておけ！」

「しかし——」

「聞えたはずだ——あけておくんだ！　まだ行ったかどうかわからん」

「行ってしまったのです。あけておいても無駄です、エネルギーの浪費です」

「なら、浪費しろ！」

老人は受話器をたたきつけた。

そしてテレタイプに、未完の文章にむかった。

「なあ、トム、そんなふうに送りかえされてたまるものか、やつらのいいなりになるなんて、答えてくれ。トム、やつらに思い知らせてやれ、きみが偉大な存在だということを、時間や空間ややつらのいまいましい機械よりはるかに大きな存在だということを。きみは強いのだ、鉄のような意志があるのだ、トム、思い知らせてやれ、むざむざ送りかえされてもいいのか！」

テレタイプのキーがひとつはねた。

老人は涙声になった。「トム！　いるんだな、そこに？　まだ書けるか？　書くんだ、トム、送ってくれ、力が尽きるまで、トム、やつらがきみを送りかえせるものか！」

「火星」と機械がタイプした。

「その先だ、トム、その先だ！」

「の」と機械が鳴った。

「それで？」

「におい」と機械はタイプし、静まった。一分の沈黙。機械はスペースをあけ、段落をおき、打ちはじめた――

「火星のにおい、肉桂と冷たい薬味の風、たなびく埃の風、たくましい骨と太古の花粉の風……」

「トム、まだ生きているんだな！」

それに応えて、機械はそれから十時間、『怒りの前の飛行』の六つの章を爆発的にたたきだしていった。

「きょうで六週間だ、ボルトン、ちょうど六週間たった。トムは火星に行き、小惑星帯をぬけた。この原稿を見ろ。日に一万語、憑かれたように書いている。いつ眠るのか、食事をとる暇があるのか、わしにはわからん。まあ、どうでもいいことだ、トムにしても同じだろう。なにがなんでも仕上げる気なのだ、時間が残りすくないことは彼も知っている」

「わたしには理解できません」ボルトンがいった。「継電器が消耗して、動力が切れてしまった。時間要素を安定させるのに必要な、問題のチャンネルの継電器を作り、切り換えるのに、三日もかかったのです。ところが、そのあいだウルフはもちこたえた。なんだか知らないが、とにかくわれわれが計算に入れなかった個人的ファクターがはたらいたとしか考えられません。ウルフがこの時代にいるかぎり、彼はこの時代に生き、けっきょくはもどれないわけです。われわれが考えていたほど、時間は弾力的ではないのでしょう。われわれの使った比喩は誤りでした。輪ゴムじゃない。むしろ浸透といったほうがいい。過去の液体が、薄膜を通して現在へしみこんだのです。しかし彼を送りかえすことは、どうしても必要です。ここにおいておくわけにはいかない。空虚が生じてしまう、混乱がおこってしまう。いまウルフを引きとめている最大の要素は、彼自身、つまり彼の欲望であり仕事なのです。仕事が終わったら、コップに水を流しこむように自然に、彼は帰って行くでしょう」

「理屈なんぞどうでもいい。わしにわかっているのは、トムの仕事が完成に近づいていているということだ。彼には情熱と描写力があるが、それだけではない、それ以上のものがある――時間と空間にとってかわる価値観を求める心だ。彼の小説のなかに、勇敢なロケットの英雄たちが宇宙へ乗りだして行くなかで、地球に残った女を描いたものがある。じつに美しく、客観的で、微妙なおもむきのある作品だよ。『ロケットの日』というんだが、内容はただ、郊外に住む典型的な家庭の一主婦の物語なんだ。彼女は、その母親やそのまた母親がそうであったように、なんの変哲もない家に住み、子供たちを育てている。科学の光輝と宇宙ロケットのファンファーレのまっただなかにありながら、その女の生活は、先史時代の洞穴に住む女のそれとすこしも変らない。その女の希いと挫折感の機微が、迫真的な安定した筆致で描かれている。ここにあるもうひとつの原稿の題は『インディアンたち』、火星人をチェロキーやイロクォイやブラックフットに見たて、宇宙のインディアン部族が追いたてられ、滅亡してゆく物語を書いているんだ。酒でも飲みたまえ、ボルトン、さあ!」

八週目の最後の日に、トム・ウルフは地球に帰ってきた。

出発したときと同様、彼は炎とともに到着し、彼の巨大な足跡は宇宙に燃えた。ヘンリー・ウィリアム・フィールドの書斎には、黒いなぐり書きとタイプ文字の記された、黄色い紙の山が見上げるように積みあげられていた。やがてひとつの大作の六つのセクションに選りわけられることになるそれは、砂時計の砂がこぼれ落ちるのを知りつつ、耐えに耐えて、日一日と育てられてきたのである。

地球に帰ったトム・ウルフは、ヘンリー・ウィリアム・フィールドの家の書斎に立ち、彼の心と手からほとばしった圧倒的な産物をながめた。すると老人がいった、「読みかえしてみるか、トム？」トム・ウルフは大きな頭を左右にふり、大きな青白い手で豊かな黒髪をかきあげて答えた、「いや。やめておこう。読みだしたら、持って帰りたくなる。それはできないんでしょう？」

「そうだ、トム、持っては帰れないね」

「どれだけいいはっても？」

「そう、そういうことになっているんだ。きみはあの年には、ほかの小説を書いてはいないのだからな、トム。ここで書かれたものは、ここに存在しなければならない。むこうで書かれたものは、むこうになければならない。それに触れることはできないのだ」

「そうか」トムは大きなため息をついて椅子に沈みこんだ。「疲れた。ものすごく疲れた。苦しかったが、楽しかったよ。きょうは何日だろう？」

「五十六日目だ」

「最後の日ですね」

老人はうなずき、二人のあいだにしばらく沈黙がおりた。

「一九三八年の石の墓地にもどるのか」眼をとじたままトム・ウルフはいった。「いやだ。知らなければよかった、こわくていたたまれなくなる」声は弱まり、大きな両手が顔にあがり、それをしっかりとおおった。

ドアがあいた。ボルトンがはいってきて、トム・ウルフの椅子のうしろに立った。手には小さなガラスびんを持っている。

「それはなんだ?」と老人はたずねた。

「絶滅した細菌です。結核菌といいます。非常に古い、悪質な細菌です」とボルトンはいった。「ウルフさんが来たとき、もちろん、この病気を治療しました、完全な体調で仕事をしていただくために。われわれの時代の技術では、これを治療するのはたやすいことです。これは、そのときにとっておいた結核菌株です、フィールドさん。帰られるときが来たいま、もう一度これを接種しなければなりません」

「接種しないと?」

トム・ウルフは顔をあげた。

「しないと、一九三八年において病気は全快します」

トム・ウルフは椅子から立ちあがった。「じゃあ、なおるのか、むこうで歩きまわったり、ぴんぴんした体になって葬儀屋をあざけったりできるようになるのか？」

「そのとおり」

トム・ウルフはガラスびんを見つめ、片手をぴくりとさせた。「もしその菌を殺して、再接種をうけようとしなかったら？」

「そんなことはさせません！」

「しかし――もしそうしたら？」

「いろいろと混乱がおきます」

「たとえば、どんな？」

「パターン、生活、過去や現在の物事のありさま、変えてはならない事物です。それを乱すことは許されません。ただひとつたしかなのは、あなたが死ぬことであり、わたしがそれを見とどけるということです」

ウルフはドアに眼をやった。「逃げだしてひとりで帰ったら、どうなるだろう？」

「マシーンはわれわれでなければ操作できません。この家からも出ることはできない、力ずくでも引きとめて接種します。じつはこんなこともあろうかと思って、階下に五人ほど待たせてあるのです。わたしが声を出せば――おわかりでしょう、抵抗は無意味です。そう、それでいい。さて」

ウルフはうしろにさがり、老人や窓や大きな屋敷を見まわしていた。「お詫びしなければいけないな。ぼくはただ死にたくないだけなんだ。ほんとうに死にたくないんだ」

老人はウルフに近づき、その手をにぎった。「こう考えてみないかね。きみはほかの人間よりも二カ月だけ余計に生きたのだ。そして、もう一冊の本を書きあげた。最後の本、新しい本だ。そう考えれば、すこしは気が楽になるだろう」

「そのことは感謝します」トマス・ウルフは重々しい口調でいった。「あなたがたお二人に感謝しなくては。さあ、用意はできました」彼は袖をまくりあげた。「接種してください」

ボルトンがかがんで注射するあいだ、トマス・ウルフはあいているほうの手で鉛筆をとり、最初の原稿の表紙に二本の黒い線を引いて話しつづけた——

「むかし書いた本のなかに、こんな一節がある」眉をしかめ、記憶をたどりながら、彼はいった。「……彷徨に費される永遠と、地球……地球の所有者はだれなのか？　われわれはその上をさまようために地球を欲したのか？　その上を動いて止まぬために地球を必要としたのか？　地球を必要とするものに、地球は与えられよう。その者はそこに根をおろし、小さな場所に憩い、小さな部屋に住まうことになろう、永遠に……」

ウルフは回想を終えた。

「これがぼくの遺作だ」と彼はいい、原稿のいちばん上の黄色い紙に、元気のよい大まかな字体でくっきりと書きこんだ――『永遠と地球』トマス・ウルフ作。

そして紙を一束とりあげ、それを両手に持って力いっぱい、しばし胸に押しあてた。

「持ち帰れるものなら、持ち帰りたい。息子と別れるような気持だ」彼は紙の束をぽんとたたき、わきに置くと、ほとんど間をおかずその手で老人と握手し、ボルトンを従えて大またに部屋を横切った。そしてドアにつき、おそい午後の日ざしに縁どられて、その雄大な体躯(たいく)をふたたび一同に向け、「さようなら、さようなら」と叫んだ。

ドアがしまった。トム・ウルフは去った。


彼は病院の廊下をうろうろしているところを発見された。

「ウルフさん！」

「なんだ？」

「ウルフさん、心配していたんですよ、逃げだしたんじゃないかと思って！」

「逃げだした？」

「どこへ行ってらしたんです？」

「どこへ？　どこへ？」ウルフは手をひかれるままに深夜の廊下を歩いた。「どこへ？
ああ、話したって信じてもらえないよ」
「これがあなたのベッドです、もう離れてはいけませんよ」
純白の死の床へ、深く、深く。青白い、清潔な死のにおい、病院のにおいがほんのり
とまじる死の床へ。触れるやいなや、香気と糊のきいた白い冷気のなかに、彼をつつみ
こんでしまうベッドへ。
「火星、火星」夜更けに巨大な男はつぶやいた。「おれの最良の、最高の、畢生の作品
は、まだ書かれていない、本になっていない、三世紀のち……」
「疲れていらっしゃるのよ」
「ほんとうにそう思うか？」トマス・ウルフはつぶやいた。「あれは夢だったのか？
かもしれない。いい夢だった」
呼吸がとぎれた。トマス・ウルフは死んだ。
それからの年月、トム・ウルフの墓には花束が必ず見うけられる。その墓を訪ねる人
びとは多いから、これはべつにふしぎなことではない。しかし、その花は夜ごとに現わ
れるのである。それは空から落ちてくるように見える。その花は秋の月の色で、途方も

なく大きく、その冷たい長い花びらは、青と白の炎をあげて燃え、きらめく。夜明けの風が吹くと、それらは銀色の雨、無数の白い火花となって空中に散る。トム・ウルフが死んで長い年月が流れたが、花は決して絶えることがない……

昼さがりの死

A Careful Man Dies

きみは一日に四時間しか眠らない。十一時に床につき、三時には起きだすが、頭はもうはっきりしている。それから、きみの一日が始まる。コーヒーを飲み、一時間ほど読書し、夜明け前のラジオの遠い、かぼそい、非現実的なおしゃべりや音楽を聞き、気がむけば散歩にでかける。もちろん散歩のさいは、警察から交付された特別外出許可証を忘れない。深夜おかしな時間に出歩いていて、何回か拘引され、わずらわしくなって特別外出許可証の交付をうけたのだ。今では、どこへ行くのも自由、ポケットに手をつっこみ、口笛を吹きながら、ゆっくりした気楽なテンポで舗道を蹴ることができる。

十六の年から、きみはずっとそうしている。いま、きみは二十五歳、それでも睡眠は一日四時間で充分なのだ。

きみの家には、ガラス製の品物はほとんどない。ひげ剃りには電気カミソリを使う。安全カミソリだと怪我をする心配があるし、きみは血を流してはならない体だからだ。きみは血友病患者だ。出血が始まったら、とまらない。きみの父もそうだった——もっとも、父親からは遺伝しない病気なので、彼はただおそろしい実例を見せつけたにすぎないが。あるとき彼は指を切った。傷はかなり深く、病院に運ばれる途中、出血多量で死んだ。また母方の家系にも血友病があり、そちらの血をきみはうけついだわけだ。

きみの上衣の右側の内ポケットには、いつも凝血剤の小びんがはいっている。怪我をしたときには、すぐに何錠かのみこむ。薬はきみの体内にひろがり、出血をくいとめるのに必要な凝固成分を供給する。

だから、きみの人生はこのようなものだ。毎日四時間の睡眠をとり、鋭利なものには近づかない。一日で目覚めている時間は、ふつうの人間の二倍に近いが、余命が短いので、結果的には皮肉なバランスがとれていることになる。

朝の郵便がとどくまでには、まだ相当時間がある。きみは小説のつづきを四千語タイプする。九時、ドアのまえの郵便受けがコトリと音をたてると、タイプされた紙をまとめてクリップでとめ、**進行中の小説**という見出しのついたファイルにはさみこむ。そしてタバコをすいながら、郵便受けに行く。

　きみは箱から郵便物を出す。有名雑誌からの三百ドルの小切手、二流出版社からの原稿返却通知二通、グリーンの紐でゆわえた小さなボール紙の箱。

　手紙にざっと目を通したのち、箱にむかい、紐をほどき、蓋をあけ、手を入れて、中にあるものをとりだす。

「くそっ！」

　きみは箱をおとす。手にうかんだ赤いしみが、みるみるひろがってゆく。何か光るものが、弧を描いて一閃したのだ。金属のバネのブーンという唸り。

　傷ついた手から、血がするすると流れだす。きみはつかのまそれを見つめ、フロアにころがった鋭利な物体に眼を移す。バネ仕掛けのカミソリを仕込んだ凶暴な小道具が、つかんだ手の力に触発されて、きみの虚をついたのだ！

　震えながら、あわててポケットをまさぐるうち、服は血だらけになっている。錠剤の小びんをとりだし、五、六錠をのみくだす。

　血がかたまるのを待つあいだ、きみはハンカチを手に巻いて、おそるおそるその仕掛けを拾いあげ、テーブルにのせる。

　十分ほど見つめたのち、腰をおろし、ぎこちない仕種でタバコをくわえる。まぶたがけいれんし、上下し、室内の風景が歪み、もとどおりになり、ふたたび歪んで、きみはついに解答を得る。

(だれかおれを嫌っているものがいる……おれに悪意を持っているものがいる)

電話が鳴る。きみは受話器をとる。

「ダグラスですが」

「やあ、おはよう、ロブ。ジェリーだ」

「あ、どうだい、調子は、ロブ?」

「どうだい、調子は、ロブ?」

「青くなって震えているよ」

「どうして?」

「箱にカミソリを入れて送ってきたやつがいる」

「冗談はよせよ」

「まじめな話さ。おたくが聞いてくれないだけだ」

「小説のほうはどうなんだ、ロブ?」

「危い品物がこれから先も届くんじゃ、終わりそうもないな。今度はスウェーデンのカットグラスの花瓶が来るかもしれない。それとも、折りたたみ式の大きな鏡がついた手品師のキャビネットかな」

「声が変だぜ」とジェリーがいう。

「変にもなるさ。もっとも、ジェラルド、小説のほうは最高にうまくいってるがね。さっきまた四千語仕上げた。この場面では、アン・J・アンソニーが、マイクル・M・ホーン氏に大いなる愛を捧げるんだ」

「面倒なことになりそうだな、ロブ」

「つい今しがた、それがわかったよ」

ジェリーが何事かつぶやく。

きみはいう、「マイクは何もしないと思うんだ、直接にはね、ジェリー。アンだって何もしないよ。だいいち、アンとぼくは一時婚約までしていたんだし。そのころは、マイクたちが何をしてるか全然知らなかったんだけど。連中がひらいてるパーティ、客にふるまうモルヒネ注射」

「しかし本が出てはこまるから、何かするんじゃないのか?」

「だろうな。じっさい、もう始めてる。けさ届いた箱がそうさ。マイクたちのしわざというんじゃなくて、ほかの連中、ぼくが本のなかに書いた連中のだれかが思いついたのかもしれない」

「最近アンと話したことはないのか?」ジェリーがきく。

「いや、話してるよ」きみはいう。

「やっぱり、あんな暮しがいいのかね？」

「刺激があるからな。麻薬を使えば、きれいな世界が見られるじゃないか」

「信じられないな。そんな女には見えないのに」

「それは、おたくのエディプス・コンプレックスのせいだよ、ジェリー。女性が女に見えないんだ。ロココ式の台座にのった、中性の象牙の彫像なんだ、水できれいに洗われ、花で飾られている。母上をとことん愛しすぎたんだな。さいわい、こっちはもうちょっとアンビバレントな性格でね。それでも、しばらくはアンにだまされていた。ところが、ある晩、あんまり機嫌がよすぎるんだ。酔っているのだと思っていた。そのうちキスをしながら、ぼくの手に小さな注射器を押しつけて、こういうんだ、〝ねえ、ロブ、お願い。きっと好きになるわ〟。なかにはいってるのはモルヒネ。アンはもうやってたんだ」

「そういうことか」受話器のむこう側でジェリーがいう。

「そういうことさ」きみはいう。「で、警察と州の麻薬局に事情を話した。ところが、どこかで行きちがいがあったらしくて、なかなか動きださない。でなければ、金をつかまされたんだ。たぶん、その二つが重なったんだろう。どんな組織にも、パイプをつまらせるやつがどこかにいるものだ。警察にはいつも一人や二人、袖の下をうけとって法の名を汚しているのがいる。これは事実だ。どうしようもない。みんな人間だし、ぼくだって例外じゃない。正攻法でパイプのつまりをなおせなければ、ほかの方法をとる以外にないだろう。今さらいうまでもないけれど、この小説が、ぼくのいうそれなんだ」

「いっしょに下水に流されなければいいがな、ロブ。その小説で、麻薬局の連中が本当に心を入れかえて動きだすと思うのか？」

「そのつもりなんだがね」

「もし訴えられたら？」

「それも考えてある。作中の人物はすべて架空であるという書類を、ぼくの署名を入れてわたすつもりだから、出版社は責任をかぶらない。それが嘘だとわかっても、受けとったほうに罪はないわけだ。訴えられたら、小説の印税を弁護料にまわすよ。証拠もたくさんあるし。いっておくが、なかなかの傑作なんだぜ」

「もう一度きくけど、ロブ、本当にだれかがカミソリのはいった箱を送ってきたのか？」

「うん。それが最大の危険なんだ。スリルはあるがね。まともにぶつかってくるような真似はしないと思う。しかし自分の過失と生まれつきの血液の欠陥が重なって死ぬのなら、だれも連中を疑いはしない。喉を掻っ切られるようなことはないね、これはどうやらたしかだ。けれど、カミソリとか、釘(くぎ)とか、車のハンドルのふちにナイフの刃をとりつけるとか……実にメロドラマ的じゃないか。それはそうと、おたくのほうの小説はどうなってるんだ、ジェリー？」

「まだまだだよ。きょう昼食をいっしょにどうだい？」

「いいね。ブラウン・ダービーにするか？」

「本当に面倒にまきこまれたいんだな。アンとマイクが毎日あそこに行くことは知ってるだろう！」

「二人を見ると食事がすすむんだよ、ジェラルド。じゃあな」

きみは受話器をおく。手の出血はとまっている。浴室で包帯を巻きながら、きみは口笛を吹く。それから、カミソリを仕込んだ、れいの小さな仕掛けをしさいに調べる。稚拙なしろものだ。成功する確率が五十パーセントあるかどうかも疑わしい。

朝のできごとで呼びさまされた興奮の余勢を駆って、きみは腰をおろすと、さらに三千語あまりをタイプする。

夜のあいだに、何者かが車のドアの把手(とって)にやすりをかけたらしい。それはカミソリの刃のように研ぎすまされている。血をしたたらせながら、きみは包帯をとりに家に引き返す。きみは錠剤をのむ。出血がとまる。

小説の新しい二章を銀行の保護預り金庫に入れたのち、きみは車を運転し、ブラウン・ダービーでジェリー・ウォルターズとおちあう。ひげの濃い顎、分厚いメガネの奥にあるとびでた眼。小柄ですばしこいところも、いつものとおりのジェリーだ。

「アンはなかにいる」彼はきみを見て、にやりと笑う。「マイクもいっしょだ。どうしてここで食べなきゃいけないんだ？」微笑が消え、彼はきみの手を見る。「一杯飲んだほうがいいぞ！　こっちだ。ほら、アンはあそこのテーブルにいる。会釈ぐらいはしとけ」

「もうしてるよ」

きみは隅のテーブルにいるアンを見つめる。彼女は、金糸銀糸のまざったバスケット織りのスポーツ・ドレスを着、アステカ風の青銅のネックレスを日焼けした首にかけている。髪もおなじ青銅色だ。彼女のとなり、葉巻からたちのぼる紫煙のかげには、マイクル・ホーンのどちらかといえば長身でやせぎすの姿がある。風采がみごとに人物を語っている――ギャンブラー、麻薬の元締め、抜きんでた快楽主義者、女たらし、大立者、ダイヤモンドと絹の下着の愛用者。きみは彼と握手する気がしない。マニキュアした爪で怪我しそうに思えるのだ。

きみは椅子にかけ、サラダにむかう。食べている最中、カクテルを飲みおえたアンとマイクがテーブルのそばを通りかかる。「やあ、切れ者」あとの言葉をやや強調して、きみはマイク・ホーンにいう。

ホーンのうしろには用心棒がいる。シカゴから来たブリッツという二十二歳の若者だ。黒い上衣の衿（えり）にさしたカーネーション、ポマードでかためた黒い髪。眼尻（めじり）がさがっているので、その表情は悲しげに見える。

「こんにちは、ロブ・ダーリン」とアンがいう。「本の進みぐあいはどう?」

「上々だよ。きみが登場するすばらしい一章を仕上げたところさ、アン」

「それはありがとう、ダーリン」

「このげすの小鬼といつ手を切るつもりなんだ?」マイクには眼もくれず、きみは彼女にいう。

「まず殺してからね」とアン。

マイクは笑う。「こいつはいい。さあ、行こう、ベイビー。こんな間抜けの面（つら）は見たくない」

きみはナイフとフォークをとりおとす。どうしたはずみか、料理がたくさんこぼれる。きみはマイクをなぐりそうになる。だがブリッツとアンとジェリーに押しとどめられ、腰をおろす。耳の血管が高鳴っている。だれかがナイフとフォークを拾いあげ、きみに返す。

「あばよ」とマイクがいう。

時計の振子のようにアンはドアのそとに消え、マイクとブリッツがあとにつづく。

きみはサラダを見る。フォークに手をのばす。サラダをすくいあげる。

きみはフォーク一杯のサラダを口に入れる。

ジェリーがきみを見つめる。「おい、ロブ、どうしたんだ？」

きみは答えない。閉じた口からフォークを抜く。

「どうした、ロブ？　吐きだせ！」

きみは吐きだす。

ジェリーの声にならぬ悪たい。

血だ。

きみはジェリーに付き添われてタフト・ビルを出る。きみはいま身ぶりで話している。口のなかにはガーゼがつまっている。きみは消毒剤のにおいをぷんぷんさせている。

「しかし、わからないな」とジェリーがいう。きみは手まねで説明する。「うん、それはわかってるさ。ダービーでやった喧嘩（けんか）だ。フォークがフロアに落ちる」きみはふたたび手まねをする。ジェリーがパントマイムを言葉で補足する。「マイクかブリッツ、どちらかがそれを拾って、きみに返す。ところがそこで、とがらせたフォークとすりかえる」

きみは激しくうなずき、顔を紅潮させる。

「でなければ、アンだ」とジェリーはいう。

ちがう。きみは首をふる。アンが知っていたらマイクと手を切っているはずだ、きみはパントマイムでそう説明しようとする。ジェリーはのみこめないようすで、分厚いメガネの奥からきみをのぞき見る。きみの体から汗がふきだす。

舌は、怪我をするには具合のわるい場所だ。舌を切り、出血はとまったものの傷が治らなかった男を、きみは知っている。それが血友病患者ならどうだろう！

きみは手まねをし、車に乗りこみながら無理に微笑をうかべる。ジェリーは眼を細め、考えこみ、うなずく。「ああ」彼は笑う、「あと背中をグサリとやれば、それでおわりということか？」

きみはうなずき、握手をし、車を進める。

とつぜん人生はすこしも楽しいものではなくなっている。人生は現実だ。人生とは、ごく他愛のないきっかけで、きみの血管から流れ去るものだ。何回も何回も、きみの手は無意識に上衣のポケットにある錠剤にむかう。親愛なる錠剤。

やがてきみは尾行する車に気がつく。

つぎの角を左に曲り、急いで考えをめぐらす。事故。きみはたたきつけられ、血まみれになる。気を失えば、ポケットに隠し持った貴重な錠剤を口にふくむこともできない。きみはアクセルを踏む。車は轟音をあげてとびだす。ふりかえると、尾行車は速度をあげながらぴったりとうしろについている。頭への一撃、ほんの小さな傷できみはかたづくのだ。

ウィルコックスで右に折れ、メルローズにはいったところでまた左に曲るが、尾行はやまない。きみにできることは、ひとつだけ。

歩道に車を寄せるとキーを抜き、なにくわぬ顔で車からおり、だれかの家の芝生にあがって腰をおろす。

尾行車が通りすぎると、きみはほほえみ、彼らにむかって手をふる。

遠ざかる車からののしり声が聞えるような気がする。

きみは歩いて家に帰る。途中、自動車修理工場に電話を入れ、車の回送を頼む。

これまでもきみは生きてはいたが、今ほど生きているという実感を味わったことはない——きみは不滅だ。彼らが束になってかかってこようと、きみは一枚も二枚もうわてだ。きみは抜け目ない。彼らが何をたくらんでも、きみは先を読み、裏をかくことができる。それだけの自信がある。きみは死なない。ほかの人びとは死ぬが、きみだけは別だ。きみは自己の生存能力にまったき信頼をおいている。きみを殺せるほど才知にたけた人間はいないだろう。

きみは火を食うことができる、砲丸を受けとめ、松明の唇を持った女とキスし、ギャングたちを鼻であしらうことができる。そういう体質であることが、そんな血液を体内に持っていることが、きみをギャンブラーに、チャンスに賭ける男にしたのだろうか？　きみのなかには、危険や危険すれすれの感覚を求める病的な渇望がある。それを説明する言葉が何かあるはずだ。よし、こう説明してみよう。きみは自分におこったできごとを無事に切り抜けることによって、途方もない自我の高揚をおぼえるのだ。いさぎよく認めたまえ、きみは病的な自己破壊の観念に取り憑かれた、思いあがった、ひとりよがりの男なのだ。もちろん、その観念は意識の表面にはあらわれない。死の願望を正面切って認めるものはいない。だが心の奥底のどこかに、それはあるのだ。綱引き競争をする自己保存本能と死の衝動。死の衝動がきみを窮地におとしいれ、自己保存本能がきみをそこから引きずりだす。五体満足、無傷のまま窮地を脱したきみの姿を見て、彼らがたじろぎ、不安そうに身をよじるのをながめるとき、きみのなかには彼らへの嘲笑と憎悪がわきあがる。きみは自分の優越を、神性を、不死性を感じる。彼らは下等な、臆病な凡人なのだ。そしてきみは、アンがきみよりも麻薬を選んだことに、いらだち以上のものを感じている。彼女は注射針のほうがより刺激的だと断じたのだ。アンのばかやろう！　そのくせ——きみは彼女の持つ魅力にひかれ、それが危険なことだと気づいている。しかしアンといっしょに過せるなら、きみはいつでも、そう、いつなんどきでもチャンスにとびつくだろう……

ときはふたたび午前四時。きみの指の下でタイプライターが快調な音をたてているとき、ドアベルが鳴る。夜明け前の完全な静けさのなかで、きみは立ちあがり、ドアにむかう。

はるかかなた、宇宙のむこう側から、彼女の声が聞えてくる、「おはよう、ロブ。アンよ。もう起きた？」

「うん。きみが来るなんて、ここ何カ月かではじめてじゃないか、アン」きみはドアをあけ、彼女はきみのわきをすりぬける。いいかおりがきみの鼻腔をくすぐる。

「マイクにはうんざりしたわ。見てると胸がむかついてくるの。ロバート・ダグラスというお薬をたっぷり服んで、健康をとりもどさなくちゃ。ほんと、うんざりしちゃった」

「そのようだね。同情するよ」

「ロブ――」沈黙。

「ん？」

沈黙。「ロブ――あした、どこかへ行かない？　じゃなくて、きょう――きょうの午後。どこか海岸へ行って、砂浜に寝ころんで日光浴なんてどう？　そうでもしないと、むしゃくしゃが晴れそうもないの、ロブ」

「うん、わるくないね。そうだな。うん。よし、行こう！」

「あなたが好きよ、ロブ。あの変な小説を書かなければ、もっと好きなのに」

「きみがあの連中と手を切るなら、やめるかもしれない」きみはいう。「しかし連中がきみにしたことが気にくわない。マイクがぼくに何をしてるか、聞いたことないかい？」

「何かしてるの、ダーリン？」

「ぼくを痛い目にあわせようとしてるのさ。つまり、怪我をさせてね。マイクがどんなやつか、きみにはわかってるはずだ、アン。胆っ玉の小さい、臆病なやつさ。ブリッツ――ブリッツだって本当はそうなんだ。ああいうタイプは前にもさんざん見てる、内心の臆病さを隠すために威勢よくふるまうんだ。殺す気はないと思う。そんな度胸はない。おどせば、ぼくが手を引くと思ってる。むこうがとことんやる気はないとわかってるから、これからも書くつもりだよ。殺人で起訴されるくらいだったら、麻薬でつかまるほうがましだと思ってるようなやつなんだ。マイクのことはわかってる」

「でも、あたしのことは、ダーリン？」

「わかってるつもりだけどね」

「心のなかまで？」

「ぼくが知りたい程度のことはね」

「あなたを殺すかもしれなくてよ」

「きみにできるものか。ぼくが好きなくせに」

「あたしは自分だって好きなのよ」アンは猫なで声でいう。

「理解できない部分があることは事実だな。きみのなかでカチカチと音をたてて、きみを動かしているものがあるんだけど、何がその原動力になっているのかは今もって見当がつかない」

「自己保存本能よ」

　きみはアンにタバコをさしだす。彼女の体はすぐそばにある。きみは考え深げにうなずく、「前に蠅の羽根をむしっていたことがあったね」

「おもしろかったわ」

「アルコール漬けの子猫の解剖を学校でやったの？」

「大喜びでね」

「麻薬がきみにどういう影響を与えるかわからないかな」

「だって、好きなんだもの」

「じゃ、これは？」

彼女はすぐそばにいるので、唇をあわせるのはほんのわずかな動きで充分だ。唇の感触は、見た目と同じくらいすばらしい。暖かく、やわらかく、微妙に動いている。

彼女はすこしきみを押しのける。「これも好きよ」

きみは彼女を抱きよせ、ふたたび唇をあわせ、眼をとじる……

「ちっ！」きみはいい、体を引き離す。

アンの爪がきみの首にくいこんだのだ。

「ごめんなさい、ダーリン。痛かった？」

「だれもかれもぼくに怪我をさせたいんだな」きみは愛用のびんをとりだし、二錠ふりだす。「驚いたな、なんて力なんだ。こんどからやさしく扱ってくれよ、なにしろぼくはやわにできてるんだから」

「ごめんなさい。夢中になっちゃったの」

「それはうれしいんだけど、キスのあいだこれ以上同じことをされると、こっちは血だらけだ。待ってくれ」

首にまた包帯。そして、ふたたびアンに顔を近づける。

「こんどはおちついて、ベイビー。これから浜へ行くんだから。マイクル・ホーンとつきあうのがどんなにいけないことか、こんこんと諭してあげるよ」

「あたしが何をいっても小説は書くつもりなの、ロブ？」

「決心したんだ。何をしてたんだっけ？　ああ、そうだ」

ふたたびキス。

正午すこし過ぎ、きみは日ざしのさんさんと降りそそぐ、断崖の上に車をとめる。アンは先にかけだし、木製の階段を六十メートル下の海岸めざしておりてゆく。風が彼女の青銅色の髪をかきあげる。ブルーの水着を着た姿は、一点の非の打ちどころもない。きみは思いに沈みながら、あとに続く。きみはすべてから遠ざかったところにいる。町は遠のき、ハイウェイに車の影はない。眼下の砂浜は広く、荒涼として、花崗岩の大きなかたまりがところどころに突き出し、波が打ち寄せているだけ。渚を歩く鳥のかん高い鳴き声。先を行くアンを、きみは見つめる。「なんてバカな女だ」きみは彼女のことを思う。

きみはアンと腕を組んで歩き、立ちどまって日光を体の芯までしみこませる。つかのまであれ、すべてが清浄であり善であることを、きみは確信している。きみの生活は汚れなく新鮮だ、アンの生活さえも。アンと何か話をしたい。だが塩気を含んだ沈黙のなかでは、きみの声のひびきもわるく、それに例のとがらせたフォークの傷で、きみの舌はまだひりひりしている。

きみは波打ちぎわを歩く。アンが何かを拾いあげる。

「フジツボよ」と彼女はいう。「水中マスクと銛だけで、よく海にもぐったことおぼえている？　ずっとむかし」

「古き良き時代にね」きみは過ぎ去った時代を思いうかべる、アンときみのこと、二人がいっしょにしたさまざまなこと。海岸ぞいをドライブしたり、釣りをしたり、水にもぐったり。だが、そのころから彼女はふしぎな生き物だった。ウミザリガニを殺すことをなんとも思っていなかった。その殻をはぐのを楽しんでいた。

「むかしのあなたって、むこうみずだったわね、ロブ。今でもそうかもしれないけど。平気でアワビをとりにもぐるんですもの、フジツボでひどい怪我をするかもしれないのに。カミソリみたいに鋭いのよ」

「わかってるよ」

アンはフジツボを投げる。それはきみの脱ぎすてた靴のそばに落ちる。引き返す途中、きみはそれを踏まないように注意深くまわり道する。

「あたしたち、しあわせになっていたかもしれないわね」彼女がいう。

「しあわせだと思うことにしよう、そのほうがいい」

「気を変えてくれないかしら」

「遅すぎたね」きみはいう。

アンはため息をつく。

波が岸に打ち寄せる。

アンと二人だけでいることに、きみはすこしも不安を感じない。彼女はきみに何もできない。彼女ひとりなら、きみも扱える。きみはそう確信している。きょうは何事もない、ものうい一日に終わるだろう。きみは用心深い、どのような不測の事態にも対処することができる。

きみは太陽の下に横たわり、日ざしがきみの骨をつらぬき、筋肉をゆるめてゆくのを感じる。きみの体は砂の起伏に溶けこむ。アンはきみのとなりにいる。日光がそのつんとした鼻の頭を黄金色に染め、ひたいにうかんだ汗の小さなしずくをきらめかせている。彼女は楽しげに、とりとめもなく話しつづけ、きみはうっとりと見ほれる。どうしてそんなに美しく、そして行手に投げだされた大蛇のように、きみに見えないところでは、どうしてそんなに小ずるくなれるのか？

きみは熱い砂の上に腹ばいになっている。陽光も暑い。

やがてアンは笑いながら言う、「体が燃えてしまうわよ」

「燃えてしまってもいいよ」きみはいう。きみは利口だ、きみは不死だ。

「ねえ、背中にオイルを塗ってあげるわ」アンはいい、中国風のモザイク模様のある、つやつやかなパテント・レザーのバッグをあける。彼女はまっ黄色のオイルがはいったびんをさしだす。「これであなたと太陽のあいだに薄い膜をつくるの。いいでしょ？」

「いいよ」と、きみはいう。気分は爽快、きみは自分の優越を感じる。

焼き串にさした豚か何かを扱うように、彼女はきみにオイルを塗りたくる。びんがきみの上にかざされ、その口からきらめく冷たい黄色の液体がより糸のように流れ、きみの背筋の浅い溝に満ちる。彼女の手がそれをひきのばし、きみの背中にすりこむ。きみは眼をとじて寝そべり、猫そっくりに喉をごろごろ鳴らしながら、とじたまぶたの裏にわきあがる青や黄の小さな泡を見つめる。彼女はさらに液体をたらし、笑いながらマッサージをつづける。

「もう涼しくなったよ」と、きみはいう。

彼女はそれからも一分かそこらマッサージをつづけ、やがて手を休めると、きみのかたわらにひっそりとすわる。長い時が過ぎ、きみは砂のオーブンでこんがりと焼かれて横たわる。体を動かす気がしない。

「あなたはくすぐったがり屋のほう？」きみのうしろでアンがたずねる。

「いや」口のはしをつりあげて、きみはいう。

「きれいな背中をしてるわ。くすぐりたくなっちゃった」

「くすぐってごらん」

「ここ、くすぐったい？」

きみは背中に遠いものうい動きを感じる。

「いや」と、きみはいう。

「ここは？」

きみは何も感じない。「ほとんどさわってないじゃないか」

「前に本で読んだことがあるわ」彼女はいう。「背中は神経があんまり発達していないので、どこをさわられてもはっきりとはわからないんですって」

「ばかな」と、きみはいう。「さわってみたまえ。いいから。あててみよう」

きみは背中に三つの長い動きを感じる。

「わかった？」と彼女はいう。

「右の肩甲骨（けんこうこつ）のあたりから下まで長さ五インチ。同じように左の肩甲骨から五インチ。もうひとつは、ちょうど背筋の上だ。ほらね」

「よくわかるわね。おもしろくない、やめたわ。タバコないかしら。たいへん、忘れてきちゃった。車まで行ってとってきていい？」

「ぼくが行くよ」きみがいう。

「いいわ、すぐ近くだもの」アンは砂の上をかけだす。燃えあがる大気を通して、きみは走ってゆく彼女の姿を眠そうにものうげに見守る。バッグとびんをいっしょに持っていったのが、ちょっと腑（ふ）におちない。女ってのは。しかし走り去る彼女の美しい姿に見ほれているきみには、それはどうでもよいことだ。彼女は木製の階段をのぼり、ふりかえり、手をふり、微笑する。きみは微笑をかえし、だるそうに小さく手をふる。「暑い？」彼女が叫ぶ。

「汗みずくだよ」きみは眠そうに叫びかえす。

汗が体をはっているのがわかる。熱気はいまやきみのなかに満ち、きみは浴槽（よくそう）に沈むように、そのなかに沈みこむ。たくさんの汗が激流となって流れおちているのが、遠くかすかに感じられる。たくさんの蟻（あり）が背中をはいまわっているようだ。ありったけ流してしまえ、きみは思う。ありったけの汗を流してしまえ。わき腹や肋のあたりを流れくだる汗のすじがむずがゆい。きみは笑う。ちくしょう、なんて汗だ。今までこんなに汗をかいたことはない。アンがきみに塗ったオイルが、暑い空気のなかにあまいかおりをひろげている。眠い、眠い。

きみはびくりとする。頭をおこす。

断崖のてっぺんで、車にエンジンがかかり、動きだし、きみが見守るなかでアンは手をふり、車は日ざしにきらめき、ターンし、ハイウェイへと去ってゆく。

それっきり。

「なんだ、あの魔女め！」きみはいらだたしげに叫ぶ。起きあがろうとする。できない。太陽の下に長くいすぎたせいか、力が抜けている。眼がまわる。くそっ。

ずっと汗を流しつづけ。

汗を流しつづけ。

暑い空気のなかに、新しいにおいがまじっている。潮風のように古く、慣れ親しんだ何か。熱い、あまったるい、なまぐさいにおい。きみにとって、きみと同病のものたちにとって、恐怖のすべてであるにおい。きみは絶叫し、よろめく足で立ちあがる。

きみは外套をまとっている、真紅の外套を。それはきみの太ももにまつわりつき、見守るうちに腰をつつみ、ひろがり、足首へとのびてゆく。それは赤い。色名表のなかの、もっとも赤い赤。きみがこれまでに見たもっとも純粋で、美しく、おそろしい赤が、脈打ちながら、きみの体を流れくだり、ひろがってゆく。

きみは背中に手をやる。意味のない言葉をつぶやく。きみの手の平に感じられるのは、肩甲骨の下の皮膚を切り裂いてのびる三本の長い傷口だ！

汗だって！　汗をかいているのだとばかり思っていた。血だったのだ！　汗を流しながら寝ころんでいるのだと思い、きみはそのことを笑い、楽しんでいたのだ！　きみは何も感じない。指先が弱々しく不器用にまさぐる。背中に感覚がない。麻痺（まひ）しているのだ。

「ねえ、背中にオイルを塗ってあげるわ」はるかかなた、きみの記憶のゆらめく悪夢のなかでアンがいう。「体が燃えてしまうわよ」

波が海岸に打ち寄せる。記憶のなかで、きみは、アンの愛らしい手がかざしていたびんと、その口から流れおちていたひとすじの黄色い液体のイメージをとらえる。きみは背中をマッサージする手を感じる。

麻薬の溶液。黄色い液体にとかしたノボカインかコカインか何かが、ひとときみの背中にまといつき、神経を麻痺させたのだ。アンが麻薬に精通していないはずがない。

（あなたはくすぐったがり屋のほう？）心のなかで、ふたたびアンがたずねる。売女めばいた。ゆらめく、血のように赤い心のなかに、きみの答える声がこだまする。（いや。くすぐってごらん。くすぐってごらん。くすぐってごらん……くすぐってごらん、アン・J・アンソニー、美しいレイディ。くすぐってごらん）

すてきな鋭いフジツボの殻からで。

きみはアワビを取ろうと海にもぐり、うっかり背中を岩にこすりつけてしまった。そこには、カミソリのように鋭いフジツボがたくさん付着していた。そう、それだ。スキン・ダイビング中の事故。なんというみごとな証拠づくりだ。

かわいい美しいアン。

（それとも、あなた、砥石といしでとがらせた爪で背中をひっかいたの、ダーリン？）

太陽がきみの頭のなかにうかんでいる。砂が足元で溶けてゆく。きみはボタンをさがし、それをはずして、この赤い服をぬぎすてようとする。盲めしいたように、わけもわからず、きみはボタンをさがす。どこにもない。服はまつわりついたまま。（なんてばかなんだろう）きみは呆然ぼうぜんと考える。（こんな長い赤いウールの下着を着た姿を人に見られるなんて、ばかもいいところだ）

どこかに絆創膏ばんそうこうがあるはずだ。この三本の長い傷口を絆創膏でしっかりふさげば、この赤い液体もきみの体からすべり落ちるのをやめるだろう。きみの不死の肉体から。傷はそんなに深くない。医者のところまで行くことができれば。薬を服めば。

薬だ！

きみは上衣にとびかかり、ひとつのポケットをさぐり、べつのポケットを、さらにべつのポケットをさぐり、裏をかえし、裏地を引き裂き、叫び、泣き、きみの背後では、四つの波が通過する列車のような地ひびきをあげて、つづけざまに打ち寄せる。そしてきみは、どこかさがし忘れたポケットがあるのではないかと、もう一度全部のポケットをあらためる。だが、綿くずと、マッチ箱ひとつと、劇場の切符の切れはし二枚のほかには何もない。きみは上衣をとりおとす。

「アン、帰って来い！」きみは叫ぶ。「帰って来い！　町まで、医者まで五十キロもあるんだ。歩けやしない。時間がないんだ」

断崖のふもとに立って、きみは見上げる。百十四段。断崖は垂直で、日ざしをうけてぎらぎら光っている。

階段をのぼる以外、方法は何もない。

(町まで五十キロ)ときみは考える。（くそっ、五十キロがなんだ）

絶好の散歩びよりじゃないか！

灰の怒り

It Burns Me Up

わたしは、ここ、部屋の中央に横たわっている。わたしは怒ってはいない、苛（いら）だってはいない、気分を害してはいない。そもそも怒ったり苛だったり気分を害したりするためには、人は外からの刺激を神経に受けとめなければならない。神経は一瞬のうちに情報を脳に送る。そして脳は肉体のすべての部分にすばやく命令をはねかえす——怒れ、苛だて、気分を害せ！　睫毛（まつげ）よ、つりあがれ、眼（め）をむきだせ、筋肉を動かせ！　瞳孔（どうこう）よ、ひらけ！　唇（くちびる）よ、まくれあがれ！　耳よ、赤らめ！　眉（まゆ）よ、しわを寄せろ！　心臓よ、高鳴れ！　血よ、わきたて！　苛だて、気分を害せ、怒れ！

だが、わたしの睫毛はつりあがりはしない。わたしの眼は無彩色の暗い天井をうつろに見上げ、わたしの心臓は冷たく静まり、わたしの唇ははりをなくし、わたしの指から力は抜けている。わたしは怒らない。苛だちも、気分を害しもしない。そうしてよい理由は山ほどあるというのに。

　刑事たちがわたしの屋敷を闊歩している。部屋をまわっては悪たいをつき、闇のなかでクラクションを鳴らし、路地で酒びんをラッパ飲みしている。記者たちがわたしの弛緩した体にむかってやつぎばやにフラッシュをたく。フラッシュ電球が電気的な粉末となって爆発している。隣人たちがあちこちの窓からのぞきこんでいる。わたしの妻はわたしから眼をそむけて椅子にすわっている。泣いているのではない、喜んでいるのだ。

　ここまで説明すれば、おわかりいただけるだろう。わたしには憤る理由があるのだ。だが、いかに努力しようと、わたしには腹をたてることも、いきまくことも、悪たいをつくこともできない。どこが反応するわけでもない。冷たい無重量感がわたしの全身をおおいつくしているだけ。

　わたしは死んでいるのだ。

　眠るようにここに横たわるわたしにとって、これらの人びとは灰色の夢想の断片にすぎない。くずれゆく屍体に群がる腐肉喰いのように、夜気にただよう熱い血のにおいに鼻うごめかせる食肉獣のように、彼らはわたしのまわりを動きまわり、わたしの体からしたたりおちる血を飲んで、タブロイド新聞のページに刷りこむのだ。だが肉体から印刷機へと移される過程のどこかで、血は敬虔さの微塵もない黒色に変じてしまう。

少量の血が、百万の輪転機をうるおす。少量の血が、一千万の印刷機を動かす化学物質となる。少量の血が、三千万の新聞雑誌読者の胸をときめかせるアドレナリンとなる。

今夜わたしは死んだ。明日の朝わたしは、三千万の頭脳のなかでふたたび死ぬだろう。蜘蛛の巣にかかった蠅のように、たくさんの脚を持つ大衆にカラカラになるまで血をしぼりとられ、やがて新しい見出しに取ってかわられるにちがいない——

女相続人、英公爵と結婚！

所得税引きあげは必至！

炭坑、ストに突入！

わたしの頭上で輪をえがく禿鷹たち。検死官はなにげない手つきでわたしの臓器を調べ、ハイエナ記者たちは冷たくなったわたしの恋の思い出をほじくりかえしている。またそこにはファウヌスたちがいる、ライオンの人工心臓を持った山羊たちがいる。窓からおそるおそるのぞきこみ、しかし恐怖からは完全に隔離されて、食肉獣たちが部屋のなかを歩きまわり、たてがみに櫛を入れるのを見守っている。

しかし、そのなかでもっとも抜け目のないのは、わたしの妻だろう。彼女は小柄で、しなやかな、浅黒い豹。椅子の模様が描きだす囲いのなかにおさまり、いかにも心地よさそうに尻尾をふり、体をなめている。

人間世界をのし歩くライオンさながらに、いまわたしの真上に立ちはだかっている刑事は、分厚い唇をした男だ。万力のような唇に煙のたちのぼる長い葉巻をくわえ、その万力のすきまから琥珀色の歯をちらつかせてものを言う。そして、ときどきわたしの上衣に白い灰をおとすのだ。彼は話している――

「とにかく男は死んだ。で、事情をきこうと女に質問をはじめて、一時間、二時間、三時間、四時間これだけかかって何がわかった？　なんにもだ！　くそっ、こんなとこに朝までいられるか！　おれは女房に殺されちまう！　このところ夜中、家にいたことがないんだ。殺しばっかりおこりやがる」

検死官はきびきびと、いかにも有能そうに、詮索好きなカリパスを思わせる指で、わたしの円周や直径をはかる。彼のつりあがった、悲しげなみどりの眼の背後には、純粋に職業的な興味以外に何もないのだろうか？　彼は尊大な角度に顔をあげ、重々しく意見をのべる――

「即死に近い。このナイフでやられた喉の傷が致命傷だな。そのあと犯人は胸を三回つき刺している。みごとなものだ。強烈で、血まみれで」

　青銅色の髪をした刑事はかぶりをふってわたしの妻を指し示し、にがい顔をする。

「ところが、女は一滴の血もあびてないときてる！　これをどう説明する？」

「女はなんといってるんだ？」

「なんにもいわん。あそこにすわりこんで、唄をくちずさんだり、〝弁護士が来るまで何もいえません〟とくりかえしているだけさ。ちくしょうめ！」刑事には、猫女の心理が推しはかれないのだ。しかし、ここに横たわるわたしには、それができる。

「それだけしかいわん。〝弁護士が来るまで何もいえません〟。狂人の子守唄みたいに何回も何回もだ」

　戸口で何やらすったもんだが始まり、人びとの注意はたちまちそちらにひきつけられる。ハンサムな、筋骨たくましい記者がひとり、中にはいろうとしているのだ。「おい！」刑事は岩壁のような胸で人垣を押しわける。くわえた葉巻の吸い口を嚙みつぶす。「何をしてるんだ？」

　もみあいながら、ひとりの巡査が紅潮した顔でふりかえる。「どうしても中にはいるといってきかないので、部長！」

人垣のむこうから記者の声が……「トリビューンのカールトンです。H・J・ランドルフに行ってこいといわれて」

刑事がどなる。「ケリー、この馬鹿！　そいつを入れろ！　ランドルフとおれは学校時代の友だちなんだ！　いいとも、はいりたまえ！」

「ハッハ！」検死官が表情ひとつ変えずいう。

刑事は彼をギロリとにらむ。ケリー巡査がわきにしりぞき、カールトン記者が汗をかきながら大またに入場する。

「はいらなきゃ話にもならない」カールトンは笑う。「こっちはクビがかかってるんですからね」

「やあ、カールトン」刑事も笑う。「その死体をどかして、すわれ」

これは冗談だ。どっと笑いがおこる。笑わないのは、わたしの妻だけ。彼女はS字形になまめかしく体をくねらせて椅子のひじかけにもたれかかり、満腹した猫のように唇をなめている。

のこりの記者連は、カールトンの出現を腹だたしく思っている。彼らは何もいわない。カールトンは空色の眼をわたしに向ける――

「ほう、自己改造手術か！　耳から耳までねえ！　これでどうやって聖ペテロと話すつもりなんだろう?」

検死官が自慢そうにいう。「それは、きれいにぬいあわせてやるさ。こう見えても、なかなかうまいんだぜ。なにせ年季がはいっているからね」

検死官の言葉には耳もかさず、カールトンは刑事にむかって質問を発し、メモ用紙にみみずののたくったような文字を書きなぐってゆく。書きながら、彼はにやにや笑う。「美貌の夫人、と。ほかに男がいたという線もありますな。飾りものは全部そろってるわけだ。そういえば、この死体、まるでクリスマスじゃないですか。あごの肉が青く色づいて、赤い大きな血のリボンが蝶ネクタイ」

これには刑事も見かねて、それとなく咳ばらいする。椅子にかけたわたしの妻も、はじめてそれまでの冷ややかなおちつきを失う。しかし、それも一瞬のあいだ。彼女はベージュのスカートのすそをつまんで、なめらかな曲線を描く脚をかくし、この新参の記者の関心をいっそうあおりたてるかのように眼をしばたたく。

しかしそのときには記者は、わたしの汚された肉の祭壇にひざまずいている。神の絶妙な御手が彫りあげたその冷たい大理石の祭壇には、いまや——何者かによって——新しい彫刻がほどこされている。

南側の窓からのぞきこむのは、となりに住むマクラウド夫人。爪先立ちで重い体を支え、夜の闇のなかで河馬さながらに灰色の眼を輝かせている。不明瞭な声で話しながら、彼女は意識的に身を震わせる。――

「スプリングフィールドのスーザンに手紙で教えてあげなくちゃ。うらやましがるわよ、きっと。わが家の前庭みたいな目と鼻の先のところで謎の殺人事件がおこったんですものね。近所でこんなことがおこるなんて、あなた考えてみたことある？　ほんとに、まあ。ちょっと、アナ、来てごらんなさいよ――。あれが刑事だわ、あごのあたりがでっぷりしたあの男。ちょっと刑事に見えないわね。あなた、そう思わない？　どっちかっていえば悪人づらね。それからあの若い記者、ファイロ・ヴァンスを若くしたみたいじゃない。この事件は、きっと彼が解決するわよ。だけど、いつものやり口で、警察が全部解決したことになってしまうの。ほら、見て、隅にいるあの女。殺された男の情婦だったのよ、妻じゃないと思うわ――」

「窓からどいてください、奥さん！」

「わたしだって見る権利はあるんですからね！」

「奥さん、どいてどいて！」

「お巡りさん、いっておきますけどね、この窓のところまでは、わたしの家の芝生なのよ。この家だって、わたしの家だわ！　わたしがジェームスンさんに貸したんだもの」

「奥さん、さあ、行って」

「あのね――」

（もうそれくらいでいいでしょう、マクラウドさん、当分こまらないくらい話題ができたんですから）

さて、部屋のなかの人びとに話をもどして。

記者のカールトンは今、惑星が太陽にひきよせられるように、わたしの妻にひきよせられている。彼のやつぎばやの質問を、彼女はわざとかわしている。記者はせっかちだが、わたしの妻はものうげで、眠そうで、口が重い。ただ自分の言い分をのべるだけ。猫が喉をならすような声で、彼女はいう、「ナイトクラブの仕事から帰ってきたんです。すると主人はその床の上に横たわり、うつろな眼で天井を見上げていました。わたしが知っているのは、それだけですわ」

ほかの記者たちも書きとめている。ハンサムなカールトンが現われるまで、妻はとりつくシマもなかったのだ。カールトンがすかさずきく、「あなたはナイトクラブ・ボンバで歌ってるんですね？」

「ええ。これでも歌手としては評判いいんですのよ。二オクターブ上のCまで出せるんです。以前メトロポリタン・オペラ・カンパニーから話があったんですけれど、わたし、ことわりました。あの人たちが好きになれなくて」

検死官はこのやりとりに一言あるようす。だが口には出さない。彼は、むかしわたしがうかべたと同じ表情をその顔にうかべる。検死官も刑事も機嫌がわるい。ライムライトが彼らの立つ舞台から、男と女の、このとりとめのない寸劇に移ってしまったからだ。ことに刑事のほうは大いに不満そう。弁護士を呼んでほしいという一本調子の台詞以外、わたしの妻から何ひとつ聞きだせなかったところへ、こんどはこの若造の記者が――

小さな少女が、抱きあげられて窓からのぞきこむ。つかのま窓枠のなかに少女の全身がおさまる。

「そうら、ごらん、こんなのはめったに見られないからね――」

「ねえ、ママ、あの人どうしたの？」

「奥さん、窓からはなれてください。いまも二人追いはらったところなんですよ。くたくただ。夕方から立ちっぱなしなんですからねえ。さあ、行って――」

「ねえ、ママ！」

今こそわたしは不死だ！　あの少女の心のなかにわたしは永遠にとらえられ、闇夜ともなれば、彼女の肉体のおののく回廊をわたしは酔ったように闊歩するのだ。彼女はパジャマをひきさき、悲鳴をあげて目覚めるだろう。そしていつか彼女の赤い爪が、となりに眠る夫のだぶついた腕の肉をかきむしるとき、薄闇のなかにあるのは、ふたたび生にしがみつこうとしているわたしの爪なのだ！

「いいかげんにしたらどうだ！」刑事が、カールトンをにらみつけて言う。「質問はおれがする！　あまりでしゃばらんでくれ！」

カールトンの唇が動きをとめる。彼は両手をひろげ、かすかに肩をすくめる。「しかし新聞にいい記事をのせることも必要でしょう、部長？　写真も入れて。わかってますよ。ぼくはディテールをきいてるんです」

彼はディテールをみごとにとらえている。わたしの妻のバスト、ウェスト、ヒップは、それぞれ33、28、31だ。記者の頭のなかのメモ用紙には、こうした細かい事実が書きとめられてゆく。彼か、あるいはほかのだれかが、葬式のあと彼女に電話するときのために。

検死官が咳ばらいする。「で、この死体だがね——」

（そうだ、お願いだから、諸君、わたしの問題にもどってくれないか。いったいなんのために、わたしはここに横たわっているのだ？）

カールトンが、ほそい指をパチンと鳴らすように、いきなり質問をとばす。「あなたのあとをつけまわす男がたくさんいたようですが、その点はどうなんですか、奥さん？」

わたしの妻は眼をとじ、ふたたび眼をあける。「ええ、男の人たちに人気があることはたしかですわ。しかたがないんです、こういう仕事だから。主人は――」彼女はわたしにむかって頭をふる。「主人は、わたしのまわりに男たちが群がっているのをあまり気にしていないようでした。それが主人の気持の支えになっていたのかもしれませんわ、自分は――純血種と結婚したのだという」

検死官はわたしの胸をすばやくこづく、医学的なジョークのつもりなのか。彼女の言葉の選択にふきだしそうになるのをこらえようと、気ぜわしくわたしの上にかがみこむ。のこりの記者たちは、蜂(はち)の巣をつついたように騒ぎだしている。わたしの妻は、彼らに話しているのではない。カールトンという男に彼女の気をそそる何かがあるのか、彼のスタイル、あるいは口元、あるいは肩の線に魅力がひそんでいるのか……いずれにせよ記者たちは腹をたてている、「その程度にしろよ、カールトン、おれたちも順番を待ってるんだぞ！」

カールトンは刑事のほうをむく。「犯人(ホシ)の見当はついているんですか、部長？」

「奥さんのボーイフレンドを総ざらいしているところさ」刑事はていよく答え、うなずき、考えこむ。

うなずくカールトン。刑事の言葉を聞き流しながら、いわくありげにわたしの妻を横目でながめ、しかつめらしくノートを調べ、わたしの冷たい体に一礼し、部屋を横切る。「どうもどうも、ちょっと行ってきます。社に電話しなくちゃ。まあ、がんばってください」そしてわたしを見てにやりと笑い、「起きて待ってることはないぜ、旦那」

バタン。ドアがしまる。

「さて」刑事はため息をつく、「ここでできることはみんなやったわけだ。指紋。証拠品。写真。事情聴取。もう死体をかたづけても——」彼は口をつぐみ、顔を赤らめ、あとの言葉を検死官にゆずる。その小さな公式発表を行なう権利は、刑事にはないのだ。検死官はその心づかいを認め、しばらく真剣に考えたのち言う、「もう死体を運んでいいだろう、うん」

のこった記者のひとりが文句をいう、「ちょっと、シャーロック、これを自殺だというんですか？　わたしにいわせれば——」

「おたくの意見なんかきいちゃいないよ」刑事がいう、「この刺し傷はどう説明するんだ？」

「わたしはこう見るね」検死官が話に割りこむ。「彼女は帰宅した、床の上にまだぬくもりのある夫の死体がころがっていた、彼はそのちょっと前に自殺したんだ。首から吹きだす血を浴びてない理由も、それで説明がつく。彼女は夫が自殺に使った凶器をつかむと、嬉しさのあまり——といっていいだろうね——逆上して夫の胸を三回刺した。夫の死んだのが嬉しくて、われを忘れてしまったんだ。この刺し傷から血は流れていない。つまり、死んだあとで刺したということだ」

「ちがうちがう」刑事がどなる。「まるっきり見当ちがいだ！　ばかな！　これは、おたくのいうようなもんじゃない！　そんなことがあるものか！」刑事は歩きまわる、髪をふりみだし、行きあたりばったりに進んでは戻り、悪たいをつき、葉巻を嚙み、手のひらにこぶしを打ちつける。「ちがうちがう、ぜんぜん見当ちがいだ！」

検死官はわたしの胸をつつく。彼はわたしを見る。わたしは冷たい光を眼のなかにたたえて無表情に見返す。

「あの、でも検死官がいまおっしゃったことは本当ですわ！」わたしの妻は、豹の前足のようなすばやさでこの情報をとらえ、わがものとする。「そのとおりなんです」

「待ってくださいよ」手から事件がもぎとられるのに気づいて、刑事は悲しげな声をあげる。

「そうなんですわ」猫が喉をならすような声で、わたしの妻はいいはる。彼女は涙にぬれた大きな黒い眼をしばたたく。「家にはいったんです。すると夫が死んでいました。そのとき——何かが——わたしのなかにこみあげてきて、思わず短剣をつかんでいました。死んでいるとわかって、嬉しくて大声をあげながら夫を刺したんです。そうにちがいありません」

「しかしですね」刑事は弱々しくいう、「そんなことはありえないはずなんだがな」それが真実かもしれないことは彼も知っている。だが認めたくないのだ。ややあって彼は、心を傷つけられた子供のように床を踏みならす。

「そのとおりなんです」

「まあ、いちおう理屈は通っている」刑事はあいまいにいう。考える時間を持とうと、わざと葉巻をおとし、拾いあげ、ほこりをはらい、口にくわえる。「しかし、そんなはずはないんだ」疲れたようにいう。

検死官がその場をさらう、「奥さん、あなたは殺人罪では訴追されないかもしれませんが、死体損壊罪で罰金をとられますよ」

「うるさい！」部屋中ににらみをきかせながら、刑事がどなる。

「かまいません」わたしの妻は認める。「罰金を科してください。どうぞ」

記者たちが騒ぎだし、入り乱れる声のパターンをいっそう混乱させる。

「それは本当ですね、ジェームスン夫人？」

「引用してけっこうです。本当ですわ」

「ああ、くそっ！」刑事が叫ぶ。

わたしの妻はマニキュアした爪で事件をずたずたにひきさいている。なでまわし、いつくしみ、注意深く、計画的に、核心めざしてちぎってゆく。あっけにとられていた刑事は、なんとか彼女を黙らせようとする。

「その女のいうことをうのみにするのか、みんな？」

「でも真実なんです」彼女の眼には誠実さがある。

「ほらね？」記者たちは笑う。

「どいつもこいつも出ていけ！」刑事はどなる。「もうたくさんだ！」

しかし事件の幕は閉じた。記者たちは笑いながら、そう宣言する。フラッシュがたかれ、わたしの妻は愛嬌たっぷりにウィンクする。刑事は事件解決の手柄が彼の手からはなれようとしているのに気づく。彼はかろうじて平静をとりもどす。「なあ、みんな、新聞用のおれの写真だが――」

「写真ってなんですか？　ハッ。ピリオド。ハッ。エクスクラメーション・マーク。ハッ！」

「みんな失せろ！」刑事は葉巻を灰皿でもみつぶす。その一部がわたしの上に落ちる。はらいおとしてくれるものはいない。

検死官はにやにや笑い、窓のそとではとなりの住人がひとり、息をころしてこの光景を見守っている。われんばかりの喝采がおこってもおかしくない瞬間だ。

すべては終わり、刑事のピーヴァーはあごをしゃくる、「行きますか、ジェームスンさん。記者連のなかでもっと情報がほしいのがいるなら、いっしょに署まで来い」

カーペットの上からドアへと、おおぜいの人間の動く気配。「この話はイケルぜ！女も上玉だしな！」

「早く、アリス、今のうちにのぞくのよ。運びだしてしまうわ！」

だれかがわたしの顔に服をかぶせる。

「ああ、やんなっちゃう、遅すぎたわ。なんにも見られやしないじゃない！」

記者たちが部屋から消える。わたしのイメージをおさめたカメラを、楽しげに、無造作に小脇にかかえ、ひとりはカラーフィルムにまでとって。みんな早朝版にまにあわせるために急いでいるのだ。

わたしは満足している。わたしは午前零時前に死んだ。したがって記事は朝刊に掲載される。ジョーンズ氏はサンカを飲みながら、記事に目をとめるだろう。わたしの心づくしだ。

刑事は渋面をつくっている。わたしの妻が立ちあがり、部屋から出てゆく。ドアのそとにいた巡査が、もうひとりの同僚に声をかける、「ホワイト・ロッグで、ホットケーキにたっぷりシロップというのはどうだ？」

わたしは舌なめずりすることもできない。

刑事は疲れきったようにひたいをぬぐう。彼は新しい葉巻の封をきり、吸い口を噛みきってわたしの足元に吐きだす。彼はひとこともいわない。だが考えにふけっている。彼が恐妻家であることは、その表情からわかる。家に帰るのがいやなのだ、朝まで外でのんびりしていたいのだ。死体は恰好（かっこう）の言いわけになる。わたしがそのよい例だ。だが今ではそのわたしも大した価値はない。彼はきまりきった報告書をしたため、家に帰るだろう。

検死官だけが最後にのこる。彼はわたしの肩をたたく。「きみにはだれも質問しなかったな。しかし、友よ、どうなんだ？　きみはだれに殺されたんだ、彼女か、彼女の友人か、それとも彼女が原因で自殺する羽目になったのか？　え？　恋は盲目というからな」

わたしは話さない。

時間もおそい。検死官が出てゆく。たぶん彼にも妻がいるのだろう。もしかしたら彼が死体を好きなのは、世間の連中とちがって決してからんだりしないからかもしれない。

いま、わたしはひとりだ。

数分後には、二人のインターンが、チューインガムをかみながらはいってくる。そして気軽にわたしをながめ、無感動に担架に移し、下町へのんびりと車で運ぶだろう、急ぐ必要はない。

一週間後、所得税のことでくよくよ思い悩んでいる男の手によって、ハンドルがまわされ、炎がわたしを焼きつくす。わたしは無数の灰色の塵(ちり)となって、火葬がまの煙道をのぼる。

そして、天の皮肉な裁きと冷たい三月の風のはからいによって、今から一週間後、ここに登場したさまざまな人びと――カールトン、わたしの妻、刑事、検死官、記者たち、マクラウド夫人――これらの人びとが通りを横切ろうとしているとき、もしかしたら、彼らの眼(め)のなかに不意に何かがとびこむかもしれない！　彼ら全員の眼のなかに！

たぶん、小さな灰色の燃えかすが。

過ぎ去りし日々

Time Intervening

深夜、懐中電灯を手に家から出てきた老人は、おもてにいる少年たちに、騒ぎの理由をたずねた。少年たちは返事もせず、落ち葉のなかをころげまわっている。

老人は家にもどり、腰をおろしたが、おちつかなかった。時刻は午前三時。膝(ひざ)の上にある青白い小さな両手が震えているのが見えた。老人は骨と皮ばかりで、マントルピースにうつる顔は、鏡に吹きつけられる白い息のようにしか見えなかった。

おもての落ち葉の山のなかで、子供たちの低い笑い声がした。

老人はそっと懐中電灯のスイッチを切り、そのまま闇(やみ)のなかにすわりつづけた。見ず知らずの子供たちに、なぜこう心をかき乱されるのか。しかし、もう明けがたの三時、子供たちがそとで遊ぶにはおそすぎる時刻だ。彼の体は冷えきっていた。

ドアの鍵をまわす音が聞え、いったい今ごろだれが訪ねてきたのだろうと老人は立ちあがった。玄関のドアがあき、若い男が若い女といっしょにはいってきた。二人は両手をとりあい、思いやりをこめて、やさしく見つめあっている。老人は彼らをながめ、叫んだ、「あなたがた、わしの家で何をしている?」

若い男女はこたえた、「あなたこそ、ぼくらの家で何をしているんですか?」若い男がいった、「さあさあ、出て行ってください」そして老人の肘をとると、彼をおもてに押しだし、ドアをしめ、何か盗まれたものはないかとひとわたり見まわしてから錠をおろした。

「これはわしの家だ。しめだそうったって、そうはいかんぞ!」老人はドアをたたいた。そして暗い朝の外気のなかに立ちつくした。眼を上げると、二階の暖かい部屋のなかにつぎつぎと明かりがともるのが見え、やがて影が動き、明かりは消えた。

老人は通りを散歩し、もどってきたが、少年たちはまだ冷たい朝の落ち葉のなかで、こちらには眼もくれずころげまわっていた。

家の前に立ち、ながめるうち、明かりが一千回あまりもついては消えていった。老人は声にならぬ声でその回数をかぞえた。

十四歳ぐらいの少年が、フットボールをかかえて家のほうに走っていった。少年は鍵を使うこともなくドアをあけると、中にはいった。ドアがしまった。

　三十分ほどのち、朝風が立ちはじめるころ、一台の車が家の前にとまり、太った女が三つぐらいの男の子の手をひいて車からおりた。二人は露に濡れた芝生の上を歩き、家にはいった。しかしその前に、女は老人に眼をとめ、こうたずねていた、「あら、タールさんなの？」

「そうです」なぜか彼女をおびえさせたくない気がして、老人は思わずそう答えた。だが、それは嘘だった。自分がタール氏でないことは、彼自身いちばんよく知っていた。タール氏はこの先に住んでいるのだ。

　さらに一千回も、明かりがついたり消えたりした。子供たちがこそこそと落ち葉のなかで動いている。

　十七歳ぐらいの少年が、はずむように通りを横切ってきた。頬についた口紅がほんのりとにおった。少年は老人をつきとばしそうになり、「失礼！」と叫んで階段をかけあがった。少年はドアに鍵をさしこみ、中にはいった。

　立ちつくす老人の周囲では、町が眠っていた。明かりの消えた窓、息づく部屋、冬の枯れ枝に思うままにからめとられ、樹々のあいだに光る星ぼし、冷たい外気のなかにきらめく残雪。

「あれはわしの家だ。あのなかにはいっていった連中はいったいだれなんだ?」老人は、取っ組みあいをつづける子供たちに叫んだ。

吹きすぎる風が、はだかの樹々を震わせていた。

一九二三年のその日、家のなかは暗かった。一台の車がその前にとまり、母親が三つになる息子ウィリアムの手をひいて車からおりた。ウィリアムはほの暗い朝の世界に眼をひらき、自分の家を見た。母親に連れられて家にむかう途中、「あら、タールさんなの?」と彼女がいい、風の吹きすぎる巨大なオークの木のかげで、老人が立ったまま、「そうです」というのを聞いた。ドアがしまった。

一九三四年のその日、ウィリアムはフットボールをかかえ、夏の夜をかけぬけてきた。走る足の下で、暗い夜の通りが歩道に変るのが感じられた。走りすぎる途中、彼は、見るというより、においで老人の存在を感じた。どちらも口をきかなかった。彼は家にはいった。

一九三七年のその日、ウィリアムはカモシカがはねるように通りを横切った。若い、はつらつとした少女のにおい、口紅のにおいが、頬に残っていた。心にあるのは、恋と深い夜のことだけ。彼は見知らぬ老人をつきとばしそうになり、「失礼!」と叫んで、玄関のドアに鍵をさしこんだ。

一九四七年のその日、ぐったりしたウィリアムとその妻を乗せて、車が家の前にとまった。彼は仕立てのよいツイードの服を着ていた。夜もおそく、彼は疲れていた。ことわりきれず何杯もグラスをあけたため、二人ともかすかに酒のにおいをただよわせていた。すこしのあいだ、二人は樹々を吹きぬける風の音を聞いていた。二人は車をおりると、ドアの鍵をまわして家にはいった。ひとりの老人が居間から現われ、叫んだ、「あなたがた、わしの家で何をしている?」

「あなたの家?」とウィリアムはいった。「さあさあ、おじいさん、出て行ってください」老人には、どこか彼の涙をさそうところがあり、ウィリアムは胃のあたりにかすかな不快感をおぼえながら、老人の体をさぐり、そとに押しだし、ドアをしめ、錠をおろした。おもてで老人の叫ぶ声がした、「これはわしの家だ。しめだそうったって、そうはいかんぞ!」

二人は寝室にはいり、明かりを消した。

一九二八年のその日、ウィリアムと仲間の少年たちは芝生の上で取っ組みあいをしながら、サーカス列車が青い軌条にのってシュッシュッと夜明け前の駅にはいってくるのを待っていた。彼らは落ち葉のなかに寝ころび、笑い、蹴(け)りあい、もみあっていた。懐中電灯を持った老人が、芝生を横切ってやってきた。「こんな朝っぱらから、わしの家の芝生で何をしているんだ？」老人はたずねた。

「あんた、だれ？」もつれあいのなかから、ウィリアムはつかのま顔をあげて言った。

老人はころげまわる子供たちの前に、長いあいだ立ちはだかっていた。やがて老人は懐中電灯をおろした。「そうだ、坊や、わかったぞ、とうとうわかった！」彼はかがんで少年をなでた。「わしはおまえ、おまえはわしなんだ。わしはおまえを愛しているよ、坊や、心底から！　これから先の何十年か、何がおこるか話してあげよう！　もしおまえが知っていたら！　わしはおまえだし、おまえはむかしのわしなんだ！　わしの名はウィリアム――おまえもそうだ！　そして家のなかにはいっていった人びと、あれはみんなウィリアム、あれはおまえであり、わしなんだよ！」老人はぞくっと身を震わせた。「ああ、長い年月、過ぎ去った時間！」

「あっちへ行けったら」と少年はいった。

「しかし――」と老人はいった。「あっちへ行けよ。お父さんを呼ぶからな」

老人はきびすを返し、歩き去った。

家の明かりが何回か明滅した。かさこそと鳴る落ち葉のなかで、少年たちは声もなく、仲間うちでもみあいをつづけている。老人は暗い芝生の上に立っている。


二階では、一九四七年のウィリアム・ラティングが、眠れぬままベッドに横たわっていた。彼は起きあがり、タバコに火をつけ、窓のそとをながめた。妻も眼をさましていた。「どうしたの？」と彼女はきいた。

「あのじいさんだよ」とウィリアム・ラティングはいった。「まだ下にいるらしい、オークの木のそばに」

「まさか」

「はっきりは見えないんだけど、いるような気がするんだ。それらしい恰好(かっこう)がある、暗闇のなかに」

「そのうち行ってしまうわ」

ウィリアム・ラティングはひっそりとタバコをすい、うなずいた。「あの子供たちはなんだろう？」

ベッドのなかで妻がいった、「子供たち？」

「おもての芝生で遊んでいる、こんな真夜中に落ち葉のなかをころげまわって」

「モランさんのとこの坊やたちでしょ」

「そうは思えないけどな」

彼は窓ぎわに立った。「聞えないか？」

「何が？」

「赤んぼうが泣いている。遠いのかな？」

「何も聞えないわ」

彼女は横たわったまま耳をすました。だれかが通りを走ってきて、ドアに鍵をさしこむ音を、二人とも聞いたような気がした。ウィリアム・ラティングは廊下に出て、階段を見おろしたが、だれもいなかった。

一九三七年、ドアをあけたウィリアムは、タバコを持って階段の上から見おろしている、ドレッシング・ガウンを着た男に気づいた。「上にいるのパパ？」返事はなかった。男はため息をつき、どこかの部屋にもどっていった。ウィリアムは台所にかけこむと、冷蔵庫荒しを始めた。

　夜明けのやわらかい黒い落ち葉のなかで、子供たちが取っ組みあいをしていた。

「ほら」とウィリアム・ラティングがいった。

　彼とその妻は耳をすました。

「あのじいさんだ」とウィリアムはいった。「泣いている」

「泣く必要がどこにあるの？」

「さあね。だいたい、みんななぜ泣くんだ？　不幸なのかもしれない」

「こんな時間にまだそとにいるのなら」薄暗い部屋のなかで、妻がいった、「警察を呼んだほうがいいわよ」

　ウィリアム・ラティングは窓からはなれ、タバコの火を消し、ベッドにはいって眼をとじた。「いや」彼は静かにいった。「警察を呼ぶのはよそう。そっとしておくんだ」

「なぜ？」

　彼の声はきっぱりとしていた。「呼びたくないんだ。それだけさ」

　ベッドに横たわり、吹きわたる風のなかにかすかな泣き声を聞きながら、ウィリアム・ラティングは思った。もし子供たちを見たいなら、手をのばし、カーテンを上げればよい。夜明けが東の空を染めてゆくなかに、きっと彼らが見えるだろう、冷たい落ち葉にくるまって、いつまでもいつまでもころげまわっている子供たちが。

ドゥーダッド

Doodad

店のまえでは、群衆が押しあいへしあいしていた。

クローエルは愁い(うれ)をおびた馬面(うまづら)を人だかりに向け、軽い足どりで歩いた。そして、やせた肩越しにちらりとうしろをふりかえり、独り言をつぶやくと、群衆のなかに道を切りひらいた。

百メートルほどうしろで、黒光りする平たいビートル・カーが低いうなりをあげて道路ぎわにとまった。ドアがカシャッとひらき、灰白色の顔をした太った男が大儀そうに車からおりたった――憎しみに硬直した、おしだまった無表情な顔。前部座席には、二人のボディガードがすわっている。

なぜわざわざ逃げるのか、とジップ・クローエルは思った。彼は疲れていた。毎晩ニュースを放送し、毎朝ギャングたちにつけねらわれながら眼をさますことに疲れきっていた。それもただ、「ある太った男が、プラスチックス株式会社に対して不正行為をはたらいている」という事実を口走っただけのために。

今や、太った男みずからのお出ましだ。黒いビートル・カーは、パサディナからここまでクローエルを追ってきたのだった。

クローエルは群衆のなかにまぎれこんだ。この連中は何が珍しくて店のまえに群がっているのだろう、そんな疑問が漠然とうかんだ。何か突拍子もないものがあるにちがいない。もっとも南カリフォルニアにあるのは、すべて突拍子もないものばかりなのだが……。彼は最前列の人垣をかきわけると、青いショー・ウィンドウに大書された緋色の文字を見上げた。常に愁いを含んだ長い顔には、かすかな表情の変化もおこらなかった。

ウィンドウには、こう書かれていた——

シンガミボブ　ドゥーダッド
ワチャマカリット　ヒンキー
フォーモダルダフレイ
フーティナニー　ガジェット

ドゥーヒンギー
（いずれも、名前のわからない、あるいは知らない道具や機械の代用語）

クローエルはそれらの文字を平然とうけとめた。部長が取材してこいといった仕事はこれなのか？　頭がおかしいやつがおこした他愛のない事件。こんなものなら見習い記者でもまにあうのに。ばかばかしい。

つぎの瞬間、クローエルは、銃とボディガードに守られた太った男、スティーヴ・ビショップのことを思いだした。身を隠せるならどこでもいい。

クローエルは小さなノートをとりだすと、ウィンドウの上の名前――ドゥーヒンギー、ヒンキー――をいくつか書きとめ、この人だかりではビショップも撃つことはできまいと思った。たしかにビショップには撃つ権利があるかもしれない。すっぱ抜くぞとおどしたうえ、立体カラー写真をちらつかせて、恐喝（きょうかつ）までしたのだから――

クローエルは半透明のドアに軽くもたれかかると、ドアを押しあけ、店内にはいった。ここなら安全だし、例のとおりの取材活動もできる。

まばゆい光がとつぜん店内に満ちわたり、冷たい青と白の色彩設計（カラー・スキーム）を照らしだした。

クローエルは寒けを感じた。陳列ケースが十七個あるのを見とどけると、鈍い灰色の眼を熱心に動かしながら、行きあたりばったりに中身を調べていった。

青いガラス・ケースのかげから、おそろしく小さな男がひょっこり現われた。体が小さいうえ、つるっ禿なので、クローエルはその頭をやさしく叩いてやりたい衝動におそわれた。まさに叩かれるためにできたような禿頭だった。

　小男の顔は正方形に近く、古い新聞紙と大して変りない経過をたどって変色したように、独特の黄色っぽい肌をしていた。「はい？」と小男はいった。

　クローエルは時間をかせぐため、静かな声で「やあ」といった。店にはいってしまったからには、何かいわなければならない。彼はこう切りだした、「ええと……ドゥーヒンギーをひとつ買いたいんだがね」彼の声には、顔にうかぶ表情と符合する疲れきった愁いがあった。

「それは、それは」と小男はいい、揉み手をした。「どういうものですか、あなたが最初のお客様なんですよ。ほかのかたたちはあそこに立って、お笑いになっているだけで。さて——何年製のドゥーヒンギーをお求めですかな？　型はどのようなものがよろしいでしょう？」

　クローエルにはちんぷんかんぷんだった。唖然としたが、表情には出さなかった。何もかも心得ているような顔で品定めを始めたのである。今さら無知を告白できるものではない。しばらく考えこんだふりをしたのち、彼はいった、「一九七三年型にするかな。

あまりモダンでないほうがいい」

小柄(こがら)な店主は眼をぱちくりさせた。「ほう。ははあ、たしかな眼といさぎよい心をお持ちですな。こちらへいらしてください」男はちょこちょこと通路を歩きだすと、大きなケースのまえでとまった。そのなかには——何かが立て掛けられていた。

元はクランクシャフトであったのかもしれない。そのくせキッチンの金属棚(きんぞくだな)にも似ており、一方の縁にそって耳輪のようなものがいくつかたれさがり、クローエルには見当もつかない三つの角形(つのがた)の付属品と六つの装置がとりつけられている。そしてシャフトの上端には、靴(くつ)ひものようなものがひと房。

ボタンをのみこんだように、クローエルはうめき声をあげた。そして、ふたたび眼をこらした。このチビは完全に狂ってる、と思ったが、その結論はやせこけた脳のなかにしまっておいた。

小さな店主はと見れば、これはもう幸福の絶頂にあるといった顔で立っている。眼を輝かせ、半開きの唇(くちびる)にあたたかな微笑をうかべ、両手を胸元であわせ、待ちきれないように体をのりだしてきた。

「お気に召しましたか？」

クローエルは真顔でうなずいた。「う、うん。こんなものだろう。もっといい型を見たことがあるがね」

「もっといい型！」小男は叫び、近づいてきた。「どこでごらんになったのです？　どこで！」

本来なら狼狽するところだが、クローエルは落ちついたものだった。彼はただノートをとりだし、その上に走り書きをすると、それをながめ、「知ってるだろう、例の——」と、どうにでもとれる返事をした。相手が満足してくれることを願いながら。

期待どおりの効果が表われた。

「ほう！」と店主は感嘆した。「すると、お客様もご存じで。いや、まあ、これはうれしい。くろうとのかたがいらしたとあれば、商売にもはりが出るというものです」

クローエルは、ウィンドウのそと、笑っている群衆のかなたに視線を走らせた。太った男、ボディガード、黒いビートル・カーは、どこにも見えなかった。尾行を一時中断したのだろう。

クローエルはノートをポケットに投げいれ、ドゥーヒンギーのはいったケースに手をおいた。「じつは急いでいるんだ。これを持っていってもいいかい？　金の持ちあわせがないんだが、頭金がわりに何かおいていくよ。どうだろう？」

「けっこうですとも」

「よし」多少心もとなさを感じながらも、クローエルはだぶつくグレーの上衣に手をいれ、金具をとりだした。むかしは値打ちものであったろうと思われるパイプ掃除器である。それはこわれ、奇怪な形にねじまがっていた。「これなんだがね。ヒンキーだ。ヒンキーの一九四四年型だ」

「ああ」小男は失望のため息をもらし、不安げにクローエルを見つめた。「いや、それはヒンキーではございませんでしょう！」

「ん……じゃなかったっけ？」

「ちがいますな」

「やっぱりね」クローエルは用心深くいった。

「それはワチャマカリットです」小男は眼をぱちくりさせていった。「それも、完全なものじゃない。その一部です。冗談がお好きのようですな、ミスター――」

「クローエルだ。うん。今のは冗談なんだがね。うん。もしこれでよかったら、引換えというのはどうだろう？　電話番号を教えておこう。急いでるんだ」

「ええ、けっこうですとも。手押し車に積んで、あなたのお車まで運びましょう。少々お待ちを」

小男はすばしこい動作で小さな手押し車を引っぱりだすと、その上にドゥーヒンギーを移した。そしてクローエルに手を貸し、ドアのところまで運んだ。ドアの手前で、クローエルは男を制止した。

「ちょっと待ってくれ」彼はおもてをながめた。黒いビートル・カーは影も形もない。だいじょうぶだ。「行こう」

小男の声は、危険を察知したようにもの静かだった。「ひとこと申しあげておきますが、ミスター・クローエル――このドゥーヒンギーでやたらに人を殺すようなことは、くれぐれもなさらないでください。相手を……相手をお選びになるように。そう、そうです、相手を見定めた上で決断してください。いいですか、ミスター・クローエル?」

クローエルは喉元(のどもと)につまった大きなかたまりをのみこんだ。

「おぼえておくよ」と彼はいい、そそくさと商談を終えた。

彼は低層幹線チューブを通ってウィルシャー地区から出ると、ブレントウッドの自宅にむかった。尾(つ)けてくるものはなかった。それには確信があった。これからの数時間、ビショップがどんなことを計画しているかはわからない。見当もつかない。だが、どうでもよかった。彼の心はふたたび憂鬱(ゆううつ)の屍衣(しい)におおわれていた。このきたならしい、ねじくれた世界。不正直にならなければ人間は生きていけない。あのぶよぶよのナメクジ野郎、ビショップにしても——

となりの席にある奇妙な機械が、彼の注意をひいた。それをながめ、震える乾いた笑い声をあげた。

「で、これがドゥーヒンギーというわけか？　いろいろ金儲けの口があるじゃないか。ビショップにはプラスチックス、おれには恐喝、あののろまのチビにはドゥーダッドやヒングドゥーイ。考えてみると、いちばんうまくやってるのはあのチビかもしれんぞ」

クローエルの白いビートル・カーは分枝チューブにはいり、迂回トンネルから自宅のあるブロックに出た。車をガレージにいれ、周囲の公園を用心深く偵察すると、ドゥーヒンギーをかついで階段をのぼり、ダイアル・ドアをあけ、なかにはいり、ドアをしめ、ドゥーヒンギーをテーブルにおいた。彼はグラスにブランデーをたっぷりと注いだ。

一瞬のち、だれかがドアをゆっくりと静かにたたいた。ぐずぐずしていても始まらない。クローエルは返事をし、ドアをあけた。

「やあ、クローエル」

戸口に立つ男は、調理したポークを思わせる冷たい、たるんだ顔をしていた。グリーンの瞳と赤い毛細管の走る白眼の上に、まぶたがたれさがっていた。口にくわえた葉巻が、男の言葉にあわせて動いた。

「帰ってきたな、クローエル。あんたを待ってたんだ」

クローエルがあとじさると、太った男ははいってきた。男は腰をおろし、太鼓腹に両手をおいていった、「どうしようか？」

クローエルは生唾(なまつば)をのみこんだ。「ここには写真はないよ、ビショップ」

太った男は何もいわなかった。男は組んでいた両手をゆっくりとはずすと、ハンカチをとるような気軽さでポケットに手をいれ、かわりに麻痺銃(まひじゅう)をとりだした。冷たい青い鋼(はがね)。

「気を変えたらどうだ、クローエル？」

クローエルの悲しげな白い顔は、ふきだす冷汗のためにいっそう悲しげになった。喉元の筋肉がぴんと張った。頭をはたらかせようとしたが、セメント浸(づ)けにされたようにかたく熱く、とつぜんふきあげてきた狂おしい恐怖があるばかりだった。それは外見にはあらわれなかった。ビショップと銃と部屋が、彼の視界のなかで揺れ動いていた。

つぎの瞬間、彼の眼にとまったのは……ドゥーヒンギーだった。

ビショップは銃の安全装置をはずした。「どこにくらいたい？　頭か、胸か？　脳を最初に麻痺させると、死ぬのも早いという話だ。おれの好みは心臓のほうだがね。どうなんだ？」

「ちょっと待ってくれ」クローエルは慎重にいった。彼はゆっくりとうしろにさがり、触発引き金の上で震えるビショップの指を意識しながら、腰をおろした。「おれを殺せるものか。反対におれに感謝することになるだろうよ、今世紀最大の発明のご相伴にあずかって」

ビショップの巨大な顔はぴくりともしなかった。「だまれ、クローエル。よけいな口をきいてる暇はないんだ」

「時間ならたっぷりあるさ」クローエルは穏やかにいった。「あんたのために完全な殺人凶器を用意してある。信じようが信じまいが、持ってるんだ。テーブルの上の機械を見てみろ」

青い鋼の銃は微動もしない。ビショップの眼が一方に寄り、くるりともどった。「だから、どうした?」

「だから、おれの話をちゃんと聞けば、太平洋岸のプラスチック産業界を牛耳る最大のボスになれるというわけさ。狙いはそれなんだろう、え?」

ビショップの眼が顕微鏡的な微妙さでひらき、ふたたび細まった。「時間かせぎをしているつもりか?」

「聞けよ、ビショップ、おれは引きぎわは知ってる。だから、あんたに打ち明けようとしてるんだ……おれのドゥーヒンギーのことをな」

「なんのことだって?」

「かりにドゥーヒンギーと呼んだまでさ。まだ名前をつけてないんでね」クローエルの頭脳は死にものぐるいに回転し、加熱した遠心分離機のようにつぎつぎとアイデアを切り捨てていった。ひとつのアイデアが頭に残った。なんとか時間をかせいで、銃にとびつくチャンスをうかがうのだ。ビショップを煙(けむ)にまけ。いいくるめろ。さあ——

クローエルは咳(せき)ばらいした。「これ……これは電波殺人機だ」彼はでまかせをいった。「方向を指定するだけで、だれでも殺せる。面倒はない。何もない。手がかりも残らない。完全犯罪さ、ビショップ。どうだ、興味がわいてきたかい?」

ビショップは首をふった。「おまえ酔っぱらってるな。時間のむだだ——」

「おっとそこまで」クローエルは緊張したようすで、灰色の眼を輝かせた。「動くな、ビショップ。手は打ってあるんだ。あの機械はあんたを狙ってる。あんたがはいってくるまえ、ある波長に合わせておいた。あとひとことでもしゃべれば、機械が作動するぞ!」

ビショップの葉巻がフロアに落ちた。銃を持つ手が揺れ動いた。

またとないチャンスだった。クローエルはきゃしゃな筋肉に力をこめ、全身を一本の強靭(きょうじん)なバネに変えた。「用心しろよ、ビショップ！　ようし、ドゥーヒンギー、やれ！　ビショップを殺すんだ！」

と同時に、クローエルは身を躍らせた。体が椅子(いす)から離れるのが感じられ、ビショップの驚いた顔が見えた。煙幕が効いたらしい。銃が発射された。銀色のビームはクローエルの耳元をシュルシュルとかすめ、壁を照射した。彼は銃を奪おうと、ビショップにとびかかった。

だが彼の体はビショップのところまで行き着かなかった。

ビショップは死んでいた。

ドゥーヒンギーが先手を打ったのだ。

クローエルはグラスをあけた。そして、もう一杯あけた。胃袋はブランデーの海をただよっている。だが、それでもビショップの姿——死にざま——を忘れることはできなかった。

ビショップは死んだ——どんなふうに？　刺殺(さっ)されたような、射殺されたような、絞(こう)殺されたような、感電死したような——一種の……まあ……わかるだろう？　なんていうか——死んだ。そう、そうなんだ。死んだのだ。

たまりかねて、クローエルはまたグラスをあけた。そして寝室の壁に眼をやると、あと二、三分もすれば、ボディガードたちがボスのようすを見に乗りこんでくるだろう、と思った。だが、ビショップが横たわる居間にはいることは、精神的に耐えられそうもなかった——そこにはドゥーヒンギーもあるのだ。彼はぶるっと身震いした。

酔いもしないブランデーをさらに二杯飲んだのち、彼は衣類をバッグに詰めこみはじめた。どこへ行くというあてもないが、行かねばならなかった。家を出ようとしたとき、電話が鳴った。

「はい？」

「ミスター・クローエルですか？」

「そうだが」

「ドゥーダッド・ショップのものです」

「ああ、なんだ。やあ」

「当店にもう一度お越しいただけますか？　ドゥーヒンギーもいっしょにお持ちいただきたいのですが、いかがでしょう？　こちらに手違いがございましたもので。もっとよい型が見つかったのです」

クローエルの声は喉元（のどもと）でつっかえた。「これもなかなか具合がいいぜ」

彼は受話器をおくと、脳が靴のなかにすべりおちないよう両手で頭をおさえた。人殺しなどを計画したことは今まで一度もない。そんなことは考えるのもいやだった。そのおかげで、いっそう窮地におちいることになってしまったのだ。こうなったら、ボディガードたちは是が非でも――

クローエルは顎をこわばらせた。来るなら来てみろ。今度は逃げるものか。町に踏みとどまり、何事もなかったように取材の仕事をつづけるのだ。彼はうんざりしていた。この場で撃たれようがどうなろうがかまわなかった。連中が撃ってくれれば、喜びのあまり笑いだすだろう。

しかし、よけいな騒ぎをおこすこともない。太った男の――死体――をガレージに運んで、白いビートルの後部座席にのせ、どこか人気のない場所へ行って埋めてしまうのだ。そして、ビショップを誘拐したと連絡すれば、ボディガードたちも手出しできなくなるだろう。うん、いいアイデアだ。頭がいいぞ、クローエル。

「ようし――」彼はビショップの巨体をかつぎあげようとした。それは彼には重すぎた。だが、なんとか階下におろし、ビートルに積んだ――ドゥーヒンギーがそのすべてを受け持った。

クローエルは作業が終わるまで二階でひっそりしていた。ドゥーヒンギーが死体を扱うところなど見たくもなかった。

「ああ、ミスター・クローエル」小さな店主は、つややかなガラス・ドアをあけた。店のまえには、まだ小さな人だかりができている。「ドゥーヒンギーはお持ちくださいましたね。けっこう」

クローエルは機械をカウンターにおき、すばやく考えをめぐらした。さて、そろそろ種明ししてもらってもいいころだろう。遠まわしに切りださないといけない。まともに質問をぶつけるのはまずい。ここは——

「ねえ、おやじさん、このまえのときはいわなかったんだが、ぼくはオーディオ記者なんだ。あんたの店のことを、オーディオ・ニュース社で放送したいんだがね。それも、あんたが話すというかたちで」

「シンガミボブについては、あなたもよくご存じでしょう」と小男はいった。

「そうかな?」

「わたしにはそう見えましたが——」

「うん、まあ、そりゃ、もちろん知ってるがね。しかし専門家の話を聞くほうがいいじゃないか。そうだろう?」

「あいまいな論理ですが、協力しないわけにもいきますまい。聴取者はわたしのドゥーダッド・ショップのすべてを知りたがっているのでしょう？　いや、何千年も旅をして、ようやくここまで仕上げたのですよ」

「何千キロ」クローエルは訂正した。

「何千年、です」小男はきっぱりといった。

「なるほど」

「わたしの店は、いうなれば曲解された不明確な語義のエネルギー総和なのです。ここに陳列されている装置は〝特定のことではなく任意のことを行なう発明品〟と申しあげていいでしょう」

「うん、もちろん」クローエルは気のない声でいった。

「そこで、ある人がビートル・カーの制御装置の一部を見せられて、その部分の正しい名称を思いだせなかったとき、その人はどうすると思います？」

クローエルは相手のいわんとしていることに気づいた。「ドゥーダッドとか、ヒンキーとか、ワチャマカリットというだろうな」

「そのとおり。では、ある女性が洗濯機なり、卵あわ立て器なり、編みもののことなりを友人の女性に話そうとして、彼女に心理的なブロッキングがあって正しい名称を思いだせない場合、どういいますか？」

「そうだな、〝このシンガミボブのそこにあるターンドルをちょこっとこうする。それから、こっちのディプシーを持って、そのフリムジーの上にあげる〟」クローエルは、急に数学が理解できた小学生のようにいった。

「そのとおり！」小男は叫んだ。「ということで、ここに、鳥の巣からビートル・カーのクランクケースまで何にでも適用できる、不正確な意味的ラベルが誕生したわけです。ドゥーヒンギーはモップであっても、かつらであってもいい。ある文化のなかで自由に使われる用語です。ドゥーヒンギーはたったひとつのものではない。一千のものであり得るのです。

さて、そこで、わたしがしたのは、ドゥーヒンギーの名のもとに言及されたすべてのものの総和をエネルギー化することでした。数えきれないくらいたくさんの文明人の心のなかにはいり、彼らがドゥーヒンギーと呼んでいるもの、シンガミボブと呼んでいるものの概念を抽出し、自然状態の原子エネルギーから、それらのあいまいなラベルをすべてあわせ持つ装置を実体化させたのです。わたしの発明したものは、いいかえれば、意味論的観念の三次元的な表現というわけですな。

絨緞掃除器であれ、九号サイズのナットとボルトであれ、人間精神はなんでもドゥーヒンギーにしてしまう。わたしの発明も、その同じパターンに従ったものです。きょうお持ち帰りになったドゥーヒンギーは、あなたがしたいと思うことはほとんどいたします。運動、思考、融通性、さまざまな性能が考慮されているので、ここにある発明品の多くはロボットと変りないと申しあげていいでしょう」

「なんでもできるのか？」

「なんでも、というわけにはいきません。これらの機械の大半には、大きさも形も機能もそれぞれ異なる、およそ六十種の装置が組みこまれています。そして、ひとつひとつが異なるはたらきをします。大きなもの、小さなもの。大きなものには、何百種という機能を持っているものがあります。小さなものは、ひとつふたつの単純な機能しか果たしません。同じものはどれひとつとしてない。ドゥーヒンギーを買って節約できる場所と時間とお金のことを考えてもごらんなさい」

「うん」クローエルはビショップの死体のことを思った。「たしかに、おたくのドゥーヒンギーは万能だよ」

「それで思いだしました」と小男はいった。「あなたからいただいたワチャマカリットですが、あれはどこでお求めになったのですか？」

「どこで？　ああ、あのパイプ掃……あのワチャマカリットかい？　あれは――ええと、そうだな、あれは――」

「お隠しになることはありませんよ。職業上の秘密を共有している仲じゃありませんか。ご自分でお作りになったのですか？」

「あれは……買ってきて改造したんだ。つまり……精神力でね」

「それでは秘密をご存じで？　これは驚きました！　思考波をエネルギーに変換する方法は、わたししか知らないと思っていたのに。すばらしいおかただ。ルルーレで勉強なさったのですか？」

「いや。行きたかったんだがね、残念ながら機会がなくて。やむをえず独学さ。そうだ、このドゥーヒンギーを別の機械と交換したいんだがな」

「お気に召しませんでしたか？　なぜでしょう？」

「いや、大した理由はないんだよ。かさばりすぎるだけだ。もっと簡単なのがほしいな」

そう、もっと簡単なのがいい、と彼は思った。仕掛けが楽にわかるようなやつ。

「こんどはどのような機械がお望みですか、ミスター・クローエル？」

「うう……ガジェットをくれ」

「何年製のガジェットでしょう？」

「年でそんなに違いがあるのかい？」

「また、ご冗談を」

クローエルは腹立ちをおさえた。「冗談冗談」

「ご存じのとおり、ガジェットの機種や、それに与えられる名称は、年ごとにちがうのです。一九六五年のシングーイは、一四九二年のオッズブロードキンかもしれません。シーザーの時代には、エットゥブルータスであったかもしれません」

「冗談もいいかげんに――いや、まあいい。ガジェットをくれ。帰らなきゃいけないんだから」

クローエルは〝帰る〟という言葉に自分でも驚いた。まだ帰るのは危険だろう。ビショップを人質にしたという通報が相手方にとどくまで隠れていたほうがいい。うん。そうだ。それがいちばん安全だ。

その合間にも、彼は好奇心にかられて店内をながめていた。だがドゥーヒンギーのようなおそろしい機械があることも考えて、ケースには決して近寄らなかった。小男はしゃべっている――

「選りどり見どり、あらゆる時代のシンガミボブをケースいっぱい用意してあります。

あまり在庫を揃えすぎたおかげで、あなた以外にお客様は寄りつきもしない始末です。きょうもまだ何ひとつ売れません。悲しいことです」

クローエルはこの男に憐みをおぼえた。しかし――「いいことがある。家に空っぽの物置きがあるんだ。二、三日中にまとめて送ってくれれば、調べて手ごろなものを引き取ろう」

「今すぐあずかっていただくことはできないでしょうか？」小男は泣きついてきた。

「それはちょっと――」

「いいえ、そんなにかさばりません。ごく小さなものです。ほんとうに。ごらんにいれましょう。小物をいれた箱が四つ五つあるだけです。ほら。ここです」男はカウンターのかげにかがみ、まとめて抱えると顎のあたりまで来そうな六つの箱をとりだした。

クローエルはそのひとつをあけた。「いいとも。持って行こう」スープ濾し器、くだものナイフ、レモン・ジューサー、ドア・ノブ、オランダ製の古い海泡石パイプ、そんなようなものばかり。「いいとも。持って行くよ」危険はなさそうだ。どれも小さく、単純な作りだった。どこといっておかしなところはない。

「ありがとうございます。お車のうしろに積んで下さい。お代はいりません。処分できるだけでも大助かりです。この二、三年、作れるだけ作っていたら、どうでもよくなりましてね。もう見たくもありません。どうぞ、どうぞ」

両手いっぱい箱をかかえ、クローエルはよろめきながら白いビートルにたどりつくと、後部座席にそれらを放りこんだ。そして小男に手をふり、二、三日中にまた寄ると約束して、エンジンをかけた。

店で過した一時間、小男の幸福そうなおしゃべり、まばゆい照明は、ビショップのボディガードとビショップの死体のことをしばし忘れさせる役にはたってくれた。

ビートル・カーのうなりが足元から伝わってくる。彼はオーディオ・スタジオのあるダウンタウンに車を進めながら、最善の策を検討した。ややあって、ふと興味をおぼえ、うしろに手をのばすと小さなガジェットを一個ひっぱりだした。それはパイプ以外の何物でもないように思われた。見とれているうちに一服したくなり、上衣からきざみタバコの袋を出すと、パイプにつめておそるおそる火をつけた。彼は煙を吸いこんだ。うまい。いいパイプだ。

バックミラーにうつる像が眼にとまったのは、まだタバコのうまさにうつつをぬかしているときだった。二台の黒いビートル・カーがあとをつけてくるのだ。あの低い漆黒の高性能車を見まちがえるはずはない。

「車をとめて、おまえたちのボスを人質にしたといってやるか」クローエルは独り言をいった。

黒い車に乗った殺し屋たちの手には、鋭く光る銃がにぎられている。撃つのが先で、こっちの話なんか聞く気はないのだ、とクローエルは気づいた。これは計算外だった。まず姿を隠し、それから電話をかけて最後通牒を伝えるつもりでいたのだが――こんなことになるとは！　彼らは追ってくる。口をきくまもなく、撃ち殺されてしまうにちがいない。

彼は足を踏みこみ、車の速度をあげた。汗がひたいを流れくだった。くそっ、どうしよう。ドゥーヒンギーを店に返すのではなかった、そう思いはじめていた。ビショップをうっかり殺してしまったときのように、こんどもそれを使えるのに。

ドゥーヒンギー！　そうだ、ガジェットだ！

クローエルは安堵の声をあげた。もしかしたら――

彼は後部座席に手をのばすと、ガジェットの山をひっかきまわした。武器になりそうなものはひとつとしてなかったが、試してみるほかなかった。

「よし、シンガム、やれ！　おれを守るんだぞ、ちくしょう！」

かたかたと軽快な音がして、何か金属の物体がクローエルの耳元を通りすぎた。それは透明なガラスの翼をはばたかせて外にとびだし、後方に飛び去ると、追ってくる敵の車にぶつかった。

緑の閃光と灰色の煙をともなった爆発がおこった。

フラルタモレットはみごとにその役割を果たした。それは子供の模型飛行機とロケット弾をかけあわせたようなものらしかった。

クローエルはアクセルを踏みこみ、ビートルの速度をさらにあげた。第二の車はまだあとを追ってくる。あきらめる気配はない。

「あれをやっつけろ！」クローエルは叫んだ。「あれもやるんだ！　なんでもいい、できることをやれ！」彼は二箱分のトリンケットを道路にぶちまけた。そのうちのいくつかが舞いあがった。残りはなんということもなく道路にちらばった。

二個のミサイルが空中できらめいた。旧式の鋭いピンキング鋏に似ているが、反重力装置が取り付けられているらしい。それらは大通りにそって飛び、黒いビートル・カーに近づいた。

そして、きらめきながら開いた窓のなかに消えた。

黒いビートル・カーはコントロールを失って大通りからはずれると、二転三転し、ぐしゃぐしゃにつぶれて燃えあがった。

クローエルはぐったりとシートに体を沈めた。そして車の速度をゆるめると、角を曲り、道路ぎわにとまった。息を切らしていた。心臓がはりさけそうだった。

これで、いつでも家に帰れる。もう家で彼を待っているものはいない、待伏せし、問い詰め、威（おど）すものはいない。

ようやく家に帰れるのだ。奇妙なことだが、安堵や幸福感はすこしも感じなかった。あるのは、不安と憂鬱ばかりだった。まったくいやな世の中だ。口のなかが苦かった。

彼は自宅にもどった。だが、これからはすこし変ってくるかもしれない。たぶん。

彼は残った箱をかかえて車からおり、真空エレベーターで二階にあがった。ドアをあけると箱をおろし、中身を選（よ）りわけた。

神経がまいっていた。タバコでもすわなければ、気が落ちつきそうもなかった。彼は新しいタバコをパイプに詰めると、マッチの火をかざしてパイプをふかした。これをみんな手放してしまうなんて、あの男は狂ってる。この種の知識が世界にひろまったら、どうなるかわからない。たちの悪い連中がみんな利用しようとするだろう。

彼は笑い、パイプをふかした。

こんどは、おれが大物にのしあがる番だ。あのチビとドゥーダッド・ショップの助けを借りて、プラスチックスの重役どもをとびあがらせてやるか。金はころがりこむ、連中はおれのいいなり。ざまを見やがれ。

だが、それもまたトラブルをおこすもとになりそうだった。彼は腰をおろすと顔をしかめ、考えこんだ。これまで長いあいだそうであったように、頭にうかぶのは暗いことばかり——悲観的なことばかりだった。

こんな世界で何ができる？　苦労しながら生きてゆく値打ちがあるのか？　もううんざりだ。

殺し屋につかまって麻痺銃を撃ちこまれるほうが、どれだけしあわせなことか。夜になると、ときおりうかんでくるそんな思いは、今夜もまた彼をとりこにしていた。もしここに銃があれば、自分で脳みそを吹きとばしてやるのに。

鋭い爆発音がとどろいた。クローエルはふいに立ちあがった。彼は体を硬直させ、膝から崩折れた。

パイプをくわえていたことをすっかり忘れていたのだった——それがシンガミボブであることを忘れていたのだった。

それは致命的なかたちで、彼に事実を思い知らせた。

夢　魔

Perchance to Dream

　だれも死を欲（ほっ）しはしないし、だれも死を予期しはしない。何かがくるって、ロケットが宙でかしぎ、小惑星が躍りあがり、暗黒、震動、眼（め）をふさぐ両手、前部ノズルの全力噴射によるすさまじい減速、衝撃。

　闇（やみ）。闇のなかに、とらえどころのない苦痛。苦痛のなかに、悪夢。

　彼は意識を失ってはいなかった。

　オマエノ名ハ？　どこからともなくたくさんの声がたずねた。セイルだ、うずまく吐き気のなかで彼は答えた。レ、ナ、ー、ド・セ、イ、ル。職業ハ、と声が叫んだ。ス、ペ、ー、ス、マ、ン！

　夜のなかでただひとり、彼は叫んだ。ヨク来タ、と声。ヨク来タ、ヨク来タ。声は遠のいた。

彼は船の残骸（ざんがい）のなかで立ちあがった。それは、折りたたまれた、ずたずたの衣服のように、彼の周囲にひろがっていた。

日がのぼり、朝になった。

セイルは狭いエアロックからかろうじてはいだし、大気を吸いながら立ちつくした。ツイている。まったくツイている。空気は呼吸可能だった。数分のチェックで、二カ月分の食料のたくわえのあることがわかった。うまいぞ！　それから、これ——彼は残骸のなかをひっかきまわした。奇蹟（きせき）のなかの奇蹟だ！　通信機もこわれていない。

彼は不器用に送信用のキーをたたいた。**小惑星七八七に墜落。セイル。救助求む。セイル。救助求む。**

数分が過ぎ、返事がとどいた。**ハロー、セイル。こちら、火星港（マーズポート）のアダムズ。救助船ロガリズムを派遣する。六日後、小惑星七八七に到着の予定。がんばれ。**

セイルはつかのまダンスを踊った。

それだけのことなのだ。墜落した。食料があった。遭難信号を送った。救助が来た。どんなもんだ！　彼は叫んだ。

日が高くのぼり、暖かくなった。死の恐怖は消えていた。六日など時間のなかにもはいらない。食べて、本を読み、眠るのだ。彼は周囲の世界に眼を走らせた。危険な動物は見あたらない。これ以上何を望めよう？　豆とベーコン、それが答えだ。心はずむ朝食のにおいが大気をみたした。

朝食がすむと、ゆっくりと深くタバコをすい、煙をはきだした。彼は満足そうにうなずいた。なんという人生だ！　かすり傷ひとつない。ツイている、まったくツイている。

頭がうなだれた。眠ろう、と彼は思った。

いい考えだ。かるくひと眠り。眠る時間はたっぷりある、おちつけ。ぶらついたり、思索にふけったり、六日という長い豪勢な時間が、そっくりおれのものなのだ。眠ろう。

彼はながながと寝そべり、腕を枕にして眼をとじた。

狂気が忍びこんできた。たくさんの声がささやいた。

眠レ、ソウ、眠レ、と声はいった。ソウダ、眠レ、眠レ。

彼は眼をあけた。声が止んだ。どこにも異常はない。彼は肩をすくめた。気軽に、うつらうつらと眼をとじた。長い体をおちつけた。

イイイイイイイイイ、はるかかなたで声がうたった。

アアアアアアアアア、声がうたった。

眠レ、眠レ、眠レ、眠レ、眠レ、声がうたった。

死ネ、死ネ、死ネ、死ネ、死ネ、声がうたった。

ウウウウウウウウウウウウ、声が叫んだ。

ンンンンンンンンンンンンンンンンンン、一ぴきの蜂が脳のなかを飛びぬけた。

彼は起きあがった。頭をふった。砕けた船を一瞥した。かたい金属。指の下に頑丈な岩が感じられた。青空をあたためるまごうことない太陽を見た。

あおむけに寝てみよう、と彼は思った。寝心地をよくし、背をのばした。手首の時計がカチカチと時を刻んでいる。熱い血が体内を流れている。

眠レ、眠レ、眠レ、眠レ、眠レ、声がうたった。

オオオオオオオオオオオオオ、声がうたった。

アアアアアアアアアアアアア、声がうたった。

死ネ、死ネ、死ネ、死ネ、死ネ。眠レ、眠レ、死ネ、眠レ、死ネ、眠レ、死ネ！　オオオオオ。アアアアア。イイイイイイイイイイイイイイイ！

血が耳のなかで鳴っている。風がわきおこる音。

ワタシノモノダ、ワタシノモノダ、とひとつの声がいった。ワタシノモノダ、コノ男ハワタシノモノダ、ワタシノモノダ！

イヤ、ワタシノモノダ、ワタシノモノダ、べつの声がいった。ワタシノモノダ、コノ男ハワタシノモノダ！

イヤ、ワレラノモノダ、ワレラノモノダ、十の声がうたった。ワレラノモノダ、コノ男ハワレラノモノダ！

指がぴくついた。顎にけいれんが走った。目蓋がひきつった。

ツイニ来タ、ツイニ来タゾ、高い声がうたった。イマコソ、イマコソ。長カッタ、待チワビテイタ。終ッタ、終ッタ、と高い声がうたった。終ッタ、トウトウ終ッタ！

まるで海底にいるようだった。みどりの歌、みどりの光景、みどりの時間。底深い潮の旨酒のなかから、泡となってわきあがる声。遠くはるかに、わけのわからぬ押韻詩の合唱。レナード・セイルは苦しげに身じろぎした。

ワタシノモノダ、ワタシノモノダ、大きな声が叫んだ。ワタシノモノダ、ワタシノモノダ！　べつの声が絶叫した。ワレラノモノダ、ワレラノモノダ、合唱隊が絶叫した。

金属のぶつかりあう音、剣の切りむすぶ音、争い、戦い、いくさ、戦争。それがいっせいに爆発し、彼の心をずたずたに切り裂いた。

イイイイイイイイ！

彼は悲鳴をあげてとびおきた。風景が溶け、流れた。

ひとつの声がいった、「わたしはラサラルのティル。誇り高きティル、血の塚と死の太鼓のティル。人間の殺戮者(さつりくしゃ)、ラサラルのティルだ！」

べつの声がいった、「わたしはウェンディロのイオル、不信心の輩(やから)を倒す賢明なるイオルだ！」

合唱隊がうたった、「そして、われらは戦士、われらは鋼(はがね)、われらは戦士、ほとばしる赤い血、流れくだる赤い血、日ざしのもとで煮えたぎる赤い血——」

重荷の下で、レナード・セイルはよろめいた。「消えろ！」彼は叫んだ。「放(ほう)っておいてくれ、後生だ、放っておいてくれ！」

イイイイイイ、灼熱(しゃくねつ)した鋼と鋼のぶつかりあうかん高い音が叫んだ。

沈黙。

わきたつ汗のなかで、彼は足を踏みしめた。震えが激しく、立っていられないほどだった。気が狂ったのだ、と彼は思った。完全に狂ってる。どうしようもなく狂ってる。狂ってしまった。

彼は食料キットの蓋をぐいとあけ、化学パケットのひとつに何かした。たちまち熱いコーヒーができあがった。かなりの量をシャツにこぼしながら彼はコーヒーをすすった。体が震えた。何回も激しく息を吸いこんだ。論理的に考えてみよう。どっかと腰をおろし、彼は思った。コーヒーで舌がやけていた。この二百年、彼の家系に精神病患者は出ていない。みんな健康で、バランスがとれている。ショックのせいか？　ばかな。ショックなど受けてはいない。六日後には救助されるのだ。ショックを受けるわけがない。危険はないのだから。ごくありきたりの小惑星。平凡な、よくある、ありきたりの天体だ。発狂する理由はどこにもない。おれは正気だ。

ホウ？　彼の内部で、かすかな金属の声がいった。こだま。遠のいてゆく。

「そうだとも！」こぶしを打ちあわせて、彼は叫んだ。「正気だ！」

ハッハッハッハッハッハッハッハッハッ。どこか、薄れてゆく笑い声。

彼はふりかえった。「黙れ、きさま！」

われわれは何もいっていない、と山々がいった。われわれは何もいっていない、と空がいった。われわれは何もいっていない、と残骸がいった。

「ようし、それでは」彼は体をふらつかせながらいった。「いわないようにしてろ」

何もかも正常だった。

小石が熱くなりだしていた。空は暗く、広々としていた。彼は自分の手に眼をやり、日ざしが黒い毛の一本一本をやいてゆくさまをながめた。彼はブーツとその上につもった埃をながめた。とつぜん嬉しさがこみあげてきた。心がきまったからだ。眠らないことにしよう、と思った。悪夢を見るのなら、眠らなければいい。これで問題は解決した。

彼は日課を作った。朝九時、つまり今から、十二時まで、歩きまわってこの小惑星を見物する。見たことを全部、黄色い鉛筆で手帳に書きとめる。それから腰をおろし、油漬けのサーディンの缶をあけ、新鮮な缶づめパンを出して純良なバターを塗る。十二時半から四時まで、『戦争と平和』の九つの章を読む。彼は残骸のなかから本をひろうと、あとで見つけやすいところにおいた。T・S・エリオットの詩集もあった。これもわるくない。

夕食は五時半、そして六時から十時まで、地球のラジオ放送を聞く。へたなジョークをとばすコメディアンが二人ばかり登場し、へたな歌手が何曲かうたい、最新のニュース・フラッシュがはいり、真夜中、国連の歌で放送は終わる。

そのあとは？

気が滅入ってきた。

明けがたまでトランプのひとり遊びをしよう、と彼は思った。熱いブラック・コーヒーを飲みながら、夜通しインチキなしで独りトランプをするのだ、日がのぼるまで。

ほ、ほ、と彼は思った。

「いまなんといった？」彼は声にだして自問した。

「"は、は"といったのさ」彼は答えた。「いつか眠らなきゃいけないときが来る」

「おれはぱっちり眼をあけている」

「嘘つき！」会話を楽しみながら、彼はいいかえした。

「気分は上々だ」と彼はいった。

「偽善者め」と彼は答えた。

「夜だろうと眠りだろうとなんだろうと、おれはこわくはない」

「それはおもしろい」

気分がわるくなった。眠りたかった。眠りをおそれているという事実が、横になりたいという気持をいっそうあおりたてた。眼をつむりたい、体をまるめたい。「いい気持か？」皮肉な検閲者がたずねた。

「歩きまわって、岩や地層を調べ、生きていることがどんなにすばらしいか考えよう」

「よくいうぜ！」検閲者が叫んだ。「ウィリアム・サロイアンだ！」

なんとかもつだろう、と彼は思った。一日は、ひと晩は、だがつぎの夜、そのつぎの夜、さらにそのつぎの夜は？　そのあいだずっと目を覚ましていられるのか、六日間も？　救助船が来るまで？　そんなに丈夫なのか、そんなに頑健なのか？

答えは否だった。

何をおそれているのだ？　わからない。あの声。あの音。しかし、あんなものがおまえに危害を加えるはずがないじゃないか？

いや、そういうこともあるかもしれない。いつか彼らと対決しなければならないときが来る。どうしてもか？　元気を出すんだ。顎(あご)をあげて。あんなものなんでもない。

彼はかたい地面に腰をおろした。泣きたかった。この世の生は終わり、新しい未知の領域にはいっていくようだった。暖かい日ざしのふりそそぐ、一見なんの変哲もない日。体の調子も上々。こんな日には釣(つ)りでもするか、花でもつむか、女にキスするか、そんなことをしたほうがいい。しかし、このうららかな一日のさなか、おれは何をつかんだのか？

死だ。

さあ、それはどうかな。

死だ、と彼は強情に思った。

彼は横になり、眼をとじた。動きまわるのに疲れはててしまったのだ。

よし、と彼は思った。おまえたちが死なら、とっついてみろ。このいまいましい騒ぎがどういうものか、ひとつ知りたいものだ。

死が訪れた。

イイイイイイイイイイイ、とひとつの声がいった。

それはもうわかった、とレナード・セイルはいった。ほかには？

アアアアアアアアアアアアアアアアアアア、と声がいった。

それもわかってるよ、いらだたしげにレナード・セイルはいった。悪寒が走った。ロがあんぐりとあいた。

「わたしは人間の殺戮者、ラサラルのティルだ！」

「わたしは不信心の輩を倒す、ウェンディロのイオルだ！」

ここはどういうところなんだ？　恐怖とたたかいながらレナード・セイルはきいた。

「かつては強大な惑星だった！」とラサラルのティルがいった。「かつては戦場だった！」とウェンディロのイオルがいった。

「いまは死んでいる」とティル。

「いまは沈黙している」とイオル。

「おまえが来るまでは」とティル。

「われわれにふたたび生命を与えるために」とイオル。

おまえたちは死んでいる、のたうちながらレナード・セイルは思った。ただのうつろな風じゃないか。

「おまえを通して、われわれは生きる」

「おまえを通して、戦う！」

　そういうことか、とレナード・セイルは思った。おれは戦場になるというわけだな？

おまえたちは味方同士なのか？

「敵だ！」とイオルが叫んだ。

「不倶戴天の敵だ！」とティルが叫んだ。


レナードはひきつった微笑をうかべた。彼は戦慄を感じた。どれくらい待っていたんだ？と彼はきいた。

「どれくらいとは？」一万年か？「あるいは」一千万年か？「おそらく」

おまえたちはなんだ？思念か、霊魂か、幽霊か？「そのすべてであり、それ以上のものでもある」知性か？「そのとおり」どうやって生きながらえた？

イイイイイイイイイイイイイイ、はるかかなたで合唱隊がうたった。

アアアアアアアアアアアアアア、戦闘に待機するべつの一軍がうたった。

「遠いむかし、ここは肥沃な土地、豊かな惑星だった。そして二つの国家、強い国家があり、二人の強い男がそれらをひきいていた。かくいうイオルと、ティルとみずから称するあの男だ。やがて惑星が衰退し、無に屈するときが来た。国民と軍隊は、五千年つづいた大戦争のなかで衰弱していった。われわれは長い生を生き、長い恋をし、たらふく飲み、たっぷりと眠り、激しく戦った。惑星の死とともに、われわれの体は萎え衰えていったが、研究に研究を重ねたかいあって、手おくれになるまえにこうして生き残ることができたわけだ」

生き残るだって、レナード・セイルは思った。しかし何も残ってはいないじゃないか！

「われわれの精神だ、ばかめ、精神だ！　精神のない肉体が何になる？」

肉体のない精神が何になる、レナード・セイルは笑った。いいところをついただろう？　おれの勝ちを認めろ！

「それは真実だ」無慈悲な声はいった。「どちらも一方を欠いては役にたたない。しかし無感覚ではあれ、生存は生存だ。われわれ民族の精神は、科学を通して、奇蹟を通して、生きながらえたのだ」

しかし感覚がなくて、眼も耳もなく、触覚も嗅覚もなくて何になる？「たしかにそういうものはない。われわれはたんなる蒸気だ。長いあいだ、そうだった。きょうまではな」

おれひとりきりだぞ、とセイルは思った。「それでも役にはたつ」

おれは一個の人格だ、とセイルは思った。おまえたちの侵入は許せない。

「この男はわれわれの侵入に腹をたてている！　聞いたか、イオル？　腹をたてている
ぞ！」

「おこる権利があるとでもいわんばかりに！」

気をつけてものをいえ、セイルは警告した。おれがまばたきすれば、おまえたちは消えるんだ、亡霊め！　目を覚まして、おまえたちを抹殺してやる！

「だが、いつかまた眠らなければならないときが来るぞ！」イオルが叫んだ。「眠ったら、われわれはここにいる。待っている、待っている、待っているぞ、おまえを」

何がほしいのだ？「実体だ。物質だ。感覚だ！」両方がとることはできまい。「われわれのあいだで戦う」

白熱した万力が、彼の頭蓋をねじまげた。まるで長い釘が、脳半球の合わせ目につきささり、打ちこまれたようだった。

いまや、すべてが冴えわたった。おそろしいばかりに、みごとに冴えわたっていた。

レナード・セイルは彼らの宇宙だった。彼の思念、頭脳、頭蓋の世界が、イオルのそれ

とティルのそれの二つの陣営によって分かれている。彼らはすでにセイルを利用しているのだった！

ピンクの心の空に、ペナントがひるがえった！　真鍮の盾に日が照り映えた。灰色の動物の群れが、剣と鳥の羽根とラッパのささくれだった波となって突進してくる。

イイイイイイイイイイイイ！　進撃。

アアアアアアアアアアアアアア！　喚声。

ヤレエエエエエエエエエエエエエ！　渦動。

ンンンンンンンンンンンンンンンン――

一万の兵士たちが、隠れた小さな舞台をかけぬけた。一万の兵士たちが、シェラック塗りの眼球の内側を泳いだ。一万の投槍が、小さな頭蓋の内部をとびかった。一万の宝石象嵌の銃が鳴りひびいた。一万の声が耳のなかでうたった。いまや彼の体は引き裂かれ、引きのばされ、つき動かされ、ころがされ、彼はもだえ、絶叫していた。頭蓋はいまにも破裂し、粉微塵になりそうだった。わめき声、金切り声、そのあいだにも何個師団もの軍勢が、頭蓋骨の平原を、内部の髄質の大陸を横切り、静脈の峡谷を通過し、動脈の丘陵を越え、体液の川をわたり、陽光に剣がきらめき、たがいにぶつかりあい、五万の心がつかみかかり、ひっかきまわし、切りつけ、要求し、利用しようとする。一瞬にして、いくつもの軍勢がすさまじい勢いで衝突、もみあい、流血、轟音、怒り、死、狂気！

シンバルのように、軍隊は激突した！

彼はわめき、はねあがった。砂漠をかけだした。どこまでも、どこまでも走りつづけた。

彼は腰をおろし、泣いた。肺が痛くなるまですすり泣いた。長いあいだ号泣した。涙が頬を流れ下った。「神さま、神さま、お助けください、どうか、神さま、お助けください！」

ふたたびすべてが正常に復した。

午後四時だった。岩はこんがりと日にやけていた。しばらくして、彼はなんとかビスケットを数枚焼き、ストロベリー・ジャムをつけて食べた。

「すくなくともこれで、おれが何に直面しているかはわかったわけだ」彼は自分にいった。「くそ、なんて世界だ！　無害に見えて、その実、化けものじゃないか。これまで探検するものがなくてさいわいだった。それとも、来たものがいるのだろうか？」彼は痛む頭をふった。むかしここに不時着したものがあったとすれば、だれであろうと気の毒なことだ。暖かい日ざし、ゆるぎない岩、害のありそうなものはどこにもない。

それも眼をとじ、気をゆるしたとたんに一変する。そして夜と、声と、狂気と、しのび足でやってくる死。

「もうだいじょうぶだぞ」彼は胸をはっていった。「これを見ろ」片手をさしあげた。絶大な意志の力に、それはもはや震えてはいなかった。「だれか知らんが、ここを支配しているものに教えてやる」彼は無害な空にむかって宣言した。「おれは存在する！」胸をたたいた。

それにしても、思念がそんなに長く生きつづけるなんて！　百万年ぐらいにはなるだろう、そのあいだ死と無秩序と征服の思念が、この惑星の無害な大気中にとどこおり、そのやみくもな憎悪をほとばしらせる通路となる人間の来訪を待ちかまえていたのだ。

気分がよくなってみると、何もかもがばかげて見えた。おれはただ六日六晩めざめていればいいのだ、と彼は思った。そうすれば、彼らが邪魔をすることもない。起きていさえすれば、おれは優勢だ。あの狂った君主どもや、剣をふりまわし、盾を持ち、ラッパを吹く兵士どもより強いのだ。

しかし起きていられるのか？　彼は思った。六晩も？　めざめていられるのか？

コーヒーも薬も本もトランプもある。

だがおれは疲れている、こんなに疲れている、と彼は思った。もちこたえられるだろうか？

もしだめだとしても――銃がある。

あのばかな君主どもの舞台に弾丸を撃ちこんでしまえば。連中のいるところはどこにある？　世界じゅうが舞台だと？　ちがう。レナード・セイル、おまえこそ舞台なのだ。そして役者は彼らなのだ。もしその舞台の両そでに弾丸をぶちこみ、書割りを引き裂き、幕を引き破り、台詞（せりふ）をめちゃくちゃにしてやったら？　やつらがおとなしくしなければ、舞台も役者も何もかもぶちこわすまでだ！

なにはさておき、もう一度火星港（マーズポート）に連絡しなければならない。救助船の到着を早めることができれば、もちこたえられるだろう。どちらにしても、ここがどんな惑星か警告することができる。一見なんの変哲もない、悪夢と幻覚の世界――

彼はすこしのあいだ通信機のキーをたたいた。口元がきっと結ばれた。通信機は故障していた。

たしかに遭難信号は送られ、返事がかえってきた。そのあと自然にこわれたらしい。よくできた皮肉だ、と彼は思った。なすべきことは、ひとつ。計画をたてるのだ。

彼はそうした。黄色の鉛筆をとると、脱出のための六日間の計画を作成した。

今夜は、と彼は書いた、『戦争と平和』のさらに六つの章を読む。午前四時、熱いブラック・コーヒーを飲む。四時十五分、箱からトランプを出し、独りトランプを十ゲーム行なう。これは六時半までかかるはずだから、そこで――またコーヒー。七時、地球の早朝ラジオ番組を聞く、もちろん通信機の受信部分に故障がなければの話だが。これも故障しているのだろうか？

彼は受信装置を試験した。何もはいらなかった。

それなら、と彼は書いた、七時から八時まで思いだせるかぎりの歌をうたい、大いに楽しむ。八時から九時まで、ヘレン・キングのことを考える。おぼえているな、ヘレンのことは。いや、それより今すぐヘレンのことを考えよう。

彼は鉛筆でその部分にしるしをつけた。

残りの日々についても、微にいり細をうがった計画がたてられた。

彼は医療キットを調べた。覚醒剤(かくせいざい)の包みが数個ある。一時間ごとに一錠ずつ、六日間のんでいこう。すっかり自信がわいていた。

「イオル、ティル、ざまあみやがれ！」

口のなかがやけそうなブラック・コーヒーとともに、彼は覚醒剤を一錠のみくだした。

とこうして、トルストイあるいはバルザック、ジン・ラミー、コーヒー、錠剤、散歩、そしてまたトルストイ、バルザック、ジン・ラミー、独りトランプ、あれやこれや。一日目が過ぎ、同様に二日目、三日目が過ぎていった。

四日目、彼はとある岩かげにひっそりとすわり、五の倍数で千まで、ついで十の倍数で千までかぞえ、精神集中し眠らないように努めていた。眼がひどく疲れているので、冷たい水に何回も浸さなければならなかった。割れるような頭痛のため、読書は不可能だった。疲れきって動くこともできなかった。薬で全身がしびれていた。身の毛もよだつ覚醒の状態を維持するため、いろいろなものが詰めこまれた蠟人形(ろうにんぎょう)のようだった。眼はガラスに、舌は錆(さ)びついた矢じりに変り、指は針と毛皮の手袋をはめているような感じだった。

彼は腕時計の秒針を眼で追った。待ち時間が一秒減った、と彼は思った。二秒、三秒、四、五、十、三十秒。ちょうど一分。一時間たった。ああ、船よ、指定された場所へ急げ。

彼は低い笑い声をあげた。

何もかも放(ほう)りだして眠りこんでしまったらどうなるだろう？　眠れ、ああ、眠れ。夢を見ようとも。世界じゅうが舞台……もしこの勝ち目のない戦いを放棄し、眠りこんだとしたら？

イイイイイイイイイイイ、金属の武具のかん高い警告の音。

彼はぞくっと身震いした。乾き、ささくれた口のなかで舌が動いた。

イオルとティルは太古からの戦いをつづけるだろう。

レナード・セイルは発狂してしまうにちがいない。

そして、どちらであれ勝ったものが、わななき笑う残骸（ざんがい）と化した狂人の肉体を所有し、十年、二十年とこの世界の表面をさまよわせ、それを占領し、そのなかを横柄（おうへい）に闊歩（かっぽ）しつづけるのだ――おべっかを使ったり、大げさな身ぶりをしたり、首斬（くびき）りを命じたり、内部のどこかにいる眼に見えぬ踊子たちを訪ねたりしながら。やがてレナード・セイルの残骸は、どこかの秘密の洞窟（どうくつ）に移され、狂気の二十年間を戦争とその惨禍にむしばまれながら、古い怪しい想念の数々にとりつかれ、なぶられることになるだろう。

救助船が到着したときには、もはや何も見つからない。セイルの体は、頭のなかの戦勝軍によっていずこかへ隠されてしまっているからだ。どこか岩の裂け目のなかで、イオルやティルの邪悪な欲望をみたす巣となりはてて。

そう考えたとたん、彼は体がまっぷたつに裂けるような恐怖におそわれた。

二十年の狂気。したくないことを強制される二十年の業苦（ごうく）。二十年の戦乱と分裂。二十年の吐き気と震え。

彼は両膝(りょうひざ)のあいだに頭をたれた。眼がカサカサパリパリとかすかな音をたてた。鼓膜がだるそうにポンとはじけた。

眠レ、眠レ、おだやかな海の声。

では――では、ひとつ提案しよう、聞け、とレナード・セイルは思った。おまえイオル、それからおまえもだ、ティル！　イオル、月、水、金はおまえが占領してよい。ティル、日、火、土はおまえが占領してよい。木曜はメイドの公休日だ。いいな！

イイイイイイイイイ、頭のなかでわきかえる海の潮がうたった。

オオオオオオオオオオオオオ、遠い声が低くやわらかくうたった。

どうだ、いい取引だろう、イオル、ティル？

だめだ、とひとつの声がいった。

だめだ、とべつの声がいった。

なんというごうつくばりだ、どちらも！　セイルは舌打ちした。どちらも疫病(えきびょう)にでもとりつかれろ！

彼は眠りにおちた。

彼はイオル、宝石の輝く腕輪をはめたイオルだった。彼はロケットのかたわらに立ち、両手の指をつきだして盲目の軍隊に号令を発した。彼こそは、宝石をまとったつわものどもを率いる古代の支配者、イオルだった。

彼はティル、女たちの恋人、犬どもの殺戮者ティルだった！

わずかに秘められた意識のかけらにすがり、彼の手が腰のホルスターにはいよった。眠った手がそこにある銃を抜いた。手があがり、銃が狙いを定めた。

ティルとイオルの軍隊が戦闘を開始した。

銃が轟然と火を吹いた。

銃弾はセイルのひたいをかすり、彼をめざめさせた。

彼はさらに六時間覚醒状態をつづけ、包囲攻撃に耐えた。いまや望みがないことは知っていた。彼は自分で作った傷を洗い、包帯を巻いた。もっとまともに狙えばよかった、と彼は思った。そうすれば、すべては終わっていたのだ。彼は空を見つめた。あと二日。

あと二日だ。早く来い、船よ、早く来い。睡眠不足で体が重かった。

空しい努力だった。六時間後には、彼は怒り狂っていた。銃をとりあげ、それをおき、ふたたびとりあげ、頭に押しつけ、引き金の上にある指に力をこめ、考えを変え、ふたたび空を見つめた。

夜が来た。読書をしようとし、本を投げだした。何かしていたいばかりに本を引き裂き、焼き捨てた。

疲れきっていた。あと一時間待とう、彼は心を決めた。何もおこらなければ自殺してやる。この決心は変えない。こんどこそ自殺しよう。

彼は銃を用意し、手近の地面においた。

疲れてはいたが、いまでは心は平静だった。これで苦しみも終わる。おれは死ぬのだ。

彼は時計の分針を見つめた。一分、五分、二十五分。

空に炎がひとつ現われた。

信じられず、彼は泣きそうになった。

「ロケットだ」立ちあがっていった。「ロケットだ！」眼をこすりながら叫んだ。彼はかけだした。

炎は明るさを増し、大きくなり、下降してきた。

彼はめちゃくちゃに手をふり、銃も食料も何もかも放りだしてかけだした。「見たろう、イオル、ティル！　野蕃人め、化けものめ、とうとう負かしたぞ！　おれは勝ったんだ！　助けが来たんだ！　勝ったんだぞ、くそっ！」

岩にむかって、空にむかって、自分の手の甲にむかって、かすれ声で笑った。

　ロケットは着陸した。レナード・セイルはふらつきながらドアがあくのを待った。

「あばよ、イオル、あばよ、ティル！」熱っぽい眼を据え、にたにた笑いながら、勝ち誇って彼はいった。

　イイイイイイ、薄れゆく咆哮がうたった。

　アアアアアアアア、声が遠ざかった。

　ロケットのエアロックが大きく開いた。二人の男がとびおりた。

「セイルか？」と二人が呼びかけた。「われわれは宇宙船ACDN十三号の乗組員だ、あんたのSOSを傍受したんで、先にかけつけることにしたんだ。火星港の船は、あさってにならなければ着かないだろう。こっちもひと休みしたいんでね。ここであんたを拾って一泊するのも、わるくないと思ったんだ」

「だめだ」恐怖に顔をゆがめてセイルはいった。「ここで夜を過すなんて――」

　説明するだけの力がなかった。彼は地面に倒れた。

「早く！」頭上にもうろうと渦巻く声がいった。「栄養剤を打て、それから鎮静剤も。栄養と休息が必要だ」

「休息はだめだ！」セイルは金切り声でいった。

「譫妄状態だな」ひとりの男が小声でいった。

「眠るのはいやだ！」セイルは絶叫した。

「さあさあ」男はやさしくいった。セイルの腕に針がさしこまれた。

セイルはもがいた。「眠るのはいやだ、行け！」怒号した。「くそっ、行ってくれ！」

「うわ言をいっている」とひとりがいった。「ショックのせいだろう」

「鎮静剤はいかん！」セイルは叫んだ。

鎮静剤が体内に流れこんだ。

イイイイイイイイ、太古の風がうたった。

アアアアアアアアア、太古の海がうたった。

「鎮静剤はいかん、眠ってはいけないんだ、頼む、やめてくれ、やめてくれ、やめてくれ！」起きあがろうとしながらセイルは叫んだ。「きみらには――わかってないんだ！」

「おちつけよ、もうだいじょうぶだ、心配することは何もない」頭上で救助者がいった。

レナード・セイルは眠った。二人の男は見おろした。

見守るうちにも、眠りのなかで彼はうめき、叫び、うなった。その顔がさまざまな感情に引き裂かれた。その顔は、聖者、罪人、悪鬼、妖怪(ようかい)、暗黒、光明、一人、多数、軍隊、空虚、すべて、すべてだった!

彼は眠ったままのたうった。

イイイイイイイ! 声がその口からほとばしった。アアアアアアアアアアア!

彼は悲鳴をあげた。

「どうしたんだろう?」救助者のひとりがいった。

「さあね。もっと鎮静剤を打とうか?」

「それがいい。過労だ。もっと眠る必要がある」

二人は彼の腕に注射針をさしこんだ。セイルは身もだえ、唾(つば)を吐き、うめいた。

そしてとつぜん、彼は息絶えた。

二人の男に見守られながら、彼は横たわった。「なんてこった!」ひとりがいった。

「どういうことなんだろう?」

「ショック死だ。かわいそうに。残念だな」二人は彼の顔をおおってやった。「こんな顔をいままで見たことがあるか?」

「孤独だ。ショックに耐えられなかったんだな」

「うん。しかし、なんて顔だろう! こんな顔はもう二度と見たくないね」

「気の毒に、待ちに待って、おれたちが着いたと思ったら死んじまった」

二人はあたりを見まわした。「さて、どうしよう？　ここにひと晩とまるか？」

「そうだな。船のそとで寝るのもわるくない」

「その前に、この男を埋めてやろう」

「もちろんだ」

「そして、うまい空気を吸いながら、おもてで夜を過す。いいだろう？　ひさしぶりに外気を吸おうじゃないか。なにしろ、あのひどい船のなかで二週間暮したんだからな」

「いいとも。埋める場所をさがしてくるよ。夕食をたのむぜ」

「よしきた」

「今夜はたっぷり眠れるぞ」

「願ったりかなったりだな」

二人は墓を作り、ひとこと祈った。そしてひっそりと夕べのコーヒーを飲み、うるわしい夜空と明るい美しい星を見つめた。

「なんてすばらしい夜なんだ」二人は横になった。

「いい夢が見られるぜ」寝返りを打って、ひとりがいった。

もうひとりが答えた、「いい夢がな」

二人は眠りにおちた。

すると岩が叫んだ

And the Rock Cried Out

炎天につるされたけものの死骸が、二人にむかって襲いかかり、ジャングルのみどりの大気に赤い熱気の波紋をひろげて、視界から消えた。腐りかけた肉のにおいが、ひらいた車の窓からどっと流れこんだ。レオノーラ・ウェッブはあわててボタンを押し、窓ガラスはかすかな音をたててとじた。

「たまらないわ」と彼女はいった、「ああいう野天の肉屋」

においはまだ車のなかに残っていた。戦争と恐怖のにおい。

「あの蠅を見た？」

「ああいう店で肉を買うときには、まず手ではたくんだ」とジョン・ウェッブがいった。

「蠅が舞いあがったところで肉を見る」

熱帯雨林のなかで道路がみずみずしいカーブを描き、彼はハンドルを切った。

「ファタラへ着いても入れてもらえるかしら？」

「わからんな」

「あなた！」

路面の光るものに気づいたときにはもう遅く、よけようとしたが、その上に乗りあげてしまった。前部の右タイヤがすさまじい吐息を発し、車はがくがくと揺れて、沈むようにとまった。彼はドアをあけ、そとに出た。ジャングルは暑く静まりかえり、道路にも人っ子ひとり見えず、真昼の静けさを保っている。

彼は車の前にまわり、かがみこんだ。だがそうするあいだも、肩にかけたホルスターのなかのリボルバーをたしかめるのを忘れなかった。

レオノーラのいる側の窓がきらりと光って、おりた。「タイヤはひどく切れてる？」

「だめだ、使いものにならん！」タイヤにつきささり、ゴムを切り裂いた光る物体を、ジョンはとりあげた。

「折れた山刀（マチエーテ）のかけらだ。アドービ粘土で支えて、タイヤを直撃するようにしてある。タイヤがみんなやられなくて、まだ運がよかったよ」

「でも、どうしてこんなことを？」

「わかってるじゃないか」彼は妻のわきにある新聞のほうにあごをしゃくった。その日付と見出しには――

一九六三年十月四日、合衆国および全ヨーロッパ沈黙!

アメリカ合衆国、ヨーロッパ各国との通信はすべて途絶。訪れた大いなる静寂。大戦は自然終息。

合衆国の住民のほとんどは死亡したものと信じられる。またヨーロッパ、ソ連圏についても同様。白人種の地上支配は終わった。

「あっというまだったな」とジョンがいった。「今年の休みもまた観光旅行と、うきうき国を出たのが一週間前。今は――これだ」

二人は黒い見出しからジャングルへと眼(め)を移した。

広大なジャングルが見かえした。息づく苔(こけ)と葉むらの沈黙、ダイヤモンドやエメラルドを思わせる十億の昆虫(こんちゅう)の眼。

「気をつけてね、ジャック（ジョンの愛称）」

彼は二つのボタンを押した。前部車輪のかげにある自動ジャッキがシューッと音をたて、車を押しあげた。彼は右の車輪のハブキャップにもどかしげにキーをさしこんだ。タイヤはフレームもろともすぽんと軸からとびだした。スペア・タイヤを固定し、だめになったタイヤをころがしてトランクにしまうのに、数秒とかからなかった。そのあいだに、彼は銃をホルスターから抜いていた。

「見通しのいいところに立たないで、お願い、ジャック」

「もう始まったのか」彼は髪の毛が燃えさかるのを感じた。「ニュースが伝わるのは早いものだ」

「やめて」とレオノーラがいった。「聞かれたらどうするの！」

彼はジャングルをにらんだ。

「そこにいるのは、わかってるんだぞ！」

「ジャック！」

彼は静まりかえったジャングルに狙（ねら）いをつけた。「ほら、見えたぞ！」つづけざまに四発、五発、銃をぶっぱなした。

ジャングルはたじろぎもせず銃弾をのみこんだ。絹を引き裂くような音をたて、みどりの葉と樹々（きぎ）と沈黙をつきぬけて、弾丸はたちまち百万エーカーの湿った大地のどこかに消えた。銃声の短いこだまがやんだ。聞えるのは、うしろにある車の低い排気音だけ。

ジョンは車をまわり、なかにはいり、ドアをしめ、ロックした。

運転席にすわり、彼は銃に弾薬をつめなおした。そして車をスタートさせた。

彼はかなりのスピードでとばしつづけた。


「だれか見えたの？」

「いや。きみは？」

彼女は首をふった。

「とばしすぎるわ」

ジョンはようやく速度をおとした。カーブを曲ったとき、道路の右側にきらきら光るものがたくさんあるのに気づいた。彼はハンドルを左にきって、それを迂回（うかい）した。

「ばかやろうどもめ！」

「ばかやろうじゃないわ。ふつうの人たちよ、こんな車も何も持ったことがないというだけだわ」

窓ガラスに何かがピシッとあたった。

無色の液体がガラス面を流れた。

レオノーラはちらりと眼をあげた。「雨かしら？」

「いや、虫があたったんだろう」

またもピシッという音。

「ほんとうに虫だと思う？」

ピシッ、ピシッ、ピシッ。

「窓をしめるんだ！」ジョンはいい、スピードをあげた。

何かがレオノーラの膝に落ちた。

彼女は膝を見おろした。ジョンが手をのばし、それを隠した。

「早く！」

彼女はボタンを押した。とたんに窓がしまった。

それから彼女は膝の上にあるものをながめた。

きらめく小さな吹き矢だった。

「液にさわっちゃいかん。ハンカチでくるむんだ——あとで捨てよう」

彼は車のスピードを時速百キロ近くまであげていた。

「こんど障害物に乗りあげたら、わたしたちおしまいだわ」

「いや、ここだけさ。だいじょうぶだ、抜けだせる」

ガラスはずっと鳴りつづけた。吹き矢の雨は窓に降りかかり、うしろに流れていった。

「ひどいわ」とレオノーラ・ウェッブがいった。「わたしたちを知りもしないのに襲うなんて！」

「顔見知りならよかったんだ」ジョンはハンドルをにぎりしめた。「自分の知ってる人間を殺すのはむずかしいが、知らなければ、なんてことはない」

「わたし、死にたくない」すわったまま、彼女はぽつんといった。

彼は上衣のなかに手を入れた。「もしぼくに何かがおこったときには、ここに銃がある。こいつで撃つんだ。ぐずぐずしてちゃだめだよ」

レオノーラは夫によりそい、二人は黙りこくったまま、ジャングルのなかに切りひらかれた一直線の道を時速百二十キロでとばした。

窓をしめきっているので、まるでオーブンのなかのように暑かった。

「でも、ばかみたいね」やがて彼女がいった。「道路にナイフをおいたり、吹き矢をつかったりするなんて。つぎに来る車に白人が乗っていなかったら、どうするの？」

「あの連中に、そんな理屈は通らないよ。車は車だ。大きくて、高価なものだ。一台の車のなかにある金で、一生食べていける。なんにしても、車を通せんぼうすれば、アメリカ人の旅行者か、スペイン系のまあまあ金のあるやつのどっちかがつかまるさ。スペイン系だって、祖先はそんなに行儀がよかったわけじゃない。もしまちがって、インディアンの乗ってる車だったら、出ていってタイヤを取り換えるのを手伝えばいいんだ」

「何時？」

ジョンが何もない手首に眼をやるのは、もうこれで何百回目かだった。驚いた表情もなく、彼は上衣のポケットをまさぐると、静かに手をふりあげ、きらきらする金側の腕時計をぶらさげた。一年ほど前、ひとりの原住民に、この腕時計を飢えたような眼で見つめられたことがある。その原住民は、それから彼をじろじろながめたものだった。その眼には、にがにがしさも憎しみもなければ、悲しみも喜びもなく、ただ当惑があるばかりだった。

その日から彼は腕時計をはずし、二度とはめたことはなかった。

「十二時だ」

十二時。

前方には国境があった。二人はそれに気づき、同時に歓声をあげた。そして顔をほころばせ、車をとめた。顔をほころばせていることにも気づかず……

ジョン・ウェッブは窓から体をのりだし、国境監視所にいる兵士を手まねきしようとし、ふと気がついて、車からおりた。監視所に着くと、そこでは、よれよれの軍服を着た、背のひくい若い兵士が三人、立話をしていた。ウェッブが眼の前に立っても、彼らは見あげようとさえしなかった。知らん顔をして、スペイン語でしゃべりつづけている。

「失礼」ようやくジョン・ウェッブはいった。「国境をこえてファタラにはいってもいいですか？」

ひとりがいっときふりかえった。「だめだね、セニョール」

三人はふたたび話しだした。

「頼むよ」ウェッブは最初の兵士の肘に手をかけた。「どうしてもファタラに行かなくちゃいけないんだ」

男は首をふった。「パスポートはもう役にはたたないよ。しかし、なんだってこの国を出るのかね？」

「ラジオ放送があったんだ。アメリカ人はすぐこの国から退去するようにという」

「はあ、はあ」三人の兵士はうなずき、眼を輝かせてたがいを見た。

「でないと、罰金をとられるか、牢屋に入れられる。その両方かもしれない」

「通してやってもいいが、ファタラだって二十四時間以内に退去だぜ。嘘だと思うなら聞いてみろ！」兵士は背をむけ、国境線のむこう側に声をかけた。「よう！　おおい！」

四十ヤードほど離れたところで、きつい日ざしを浴びながら、小銃をかかえて行ったり来たりしている男が、こちらをふりむいた。

「よう、パコ、このお二人さんをそっちにやっていいか？」

「いや、いいよ（ノーグラシアス）——ごめんだ（グラシアス・ノー）」笑いながら男は答えた。

「どうだい？」兵士はジョン・ウェッブに向きなおって言った。

三人はいっせいに笑いだした。

「金ならある」とウェッブはいった。

男たちは笑いやんだ。

最初の兵士がつかつかとジョン・ウェッブに近づいた。いまやその顔は笑いのかげも消え、けわしくひきつって、まるで褐色（かっしょく）の石のようだった。

「なるほど」と男はいった。「アメリカ人はいつも金を持ってる。そいつはわかってるよ。で、こういうところへ来ちゃ、金でなんでもできると思ってるんだ。しかし金がなんだ？　ただの約束ごとじゃないか、セニョール。これは本で読んだから知ってる。その約束ごとを片方がもうやめたといったら、どうする？」

「きみのほしいものはなんでもやる」

「へえ？」兵士は仲間をふりかえった。「ほしいものはなんでもくれるってよ」そして、ウェッブにむかって、「いまのは冗談さ。あんたらにとっちゃ、おれたちはいつも冗談だったんだろう？」

「ちがう」

「おれたちが未来（マニャーナ）というと、あんたらは笑った。おれたちの昼寝（シエスタ）を笑い話にし、未来（マニャーナ）を笑い話にした、そうじゃなかったかい？」

「ぼくじゃない。ほかのだれかだ」

「いや、あんただ」

「この監視所に来たのははじめてなんだ」

「どっちみち、あんたのことはわかってるよ。ここへ来れば、あれをやれ、これをやれだ。ほら、ここに一ペソある、家でも買え。あっちへ行きゃ、また、あれをやれ、これをやれだ」

「ぼくじゃない」

「白人はみんなおんなじようなものさ」

日ざしのなか、影を足元に落して、彼らは立っていた。シャツの腋（わき）の下が汗で染っている。兵士はさらにジョン・ウェッブに近づいた。「今までみたいに、あんたにどうこういわれることはないね」

「何をいってるんだ。きみたちに何をさせたおぼえもない」

「震えてるじゃないか、セニョール」

「だいじょうぶ。日が暑いからさ」

「それで、いくらあるんだって?」と兵士がきいた。

「ぼくらを通してくれたら千ペソ出そう、それからむこうにいる男にも千ペソ」

兵士はまた仲間をふりかえった。「千ペソでいいかい?」

「だめだ」もうひとりの兵士が答えた。「おれたちのことを報告させろよ!」

「そうだな」と兵士はいい、ふたたびウェッブに向きなおった。「おれのことを報告しなよ。おれをクビにするんだな。何年か前、一度クビになったことがある、あんたの指金でね」

「だれかほかのやつがしたんだ」

「おれの名をおぼえとけよ、カルロス・ロドリゲス・イソートルだ。さあ、報告しな」

「話はわかった」

「いや、わかってないね」とカルロス・ロドリゲス・イソートルはいった。「さて、二千ペソもらうことにしようか」

ジョン・ウェッブは紙入れを出し、金をわたした。カルロス・ロドリゲス・イソートルは親指をなめ、彼の国のぬけるように青い空の下でゆっくりと金を数えた。日はなおも照りつけ、どこからともなく汗が吹きでるなかで、四人はそれぞれの影の上に立ち、息を吸い、あえいだ。

「二千ペソ」兵士は札を折りたたむと、そっとポケットに入れた。「さあ、車をまわして、どこかべつの国境線へ行くんだな」

「何をするんだ、この！」

兵士は彼を見た。「車をまわすんだ」

四人は長いあいだ、言葉もなく立っていた。兵士たちの持つ銃が、陽光にぎらぎらと照り映えていた。やがてジョン・ウェッブは背を向けると、片手を顔にあげてゆっくりと歩きだし、車にもどり、運転席にすべりこんだ。

「どうするの？」とレオノーラがいった。

「このまま朽ち果てるか、ポルト・ベロに出る道をさがすかさ」

「でもガソリンがいるし、スペア・タイヤをなおさなくては。それに、あの道をまたもどるなんて……こんどは丸太をころがしてあるかもしれなくてよ、それに——」

「わかってるわかってる」彼は眼をこすり、つかのま両手に顔を埋めてすわっていた。「とうとうぼくらだけになっちまった。前はどこへ行っても平気だった。おぼえてるかい？　大きな都市にはみんなアメリカ領事館があって、安心してホテルに泊れたものさ。こんな冗談があったじゃないか、〝地球上どこへ行こうと鷲の羽音が聞える！〟という（鷲は、アメリカの象徴）。それとも、あれはドル紙幣の音だったのかな？　もう忘れたよ。ああ、ほんとに急に、世界はからっぽになっちまった。今では、だれをたよりにすればいいんだろう？」

彼女はちょっと間をおき、そしていった。「わたしだけみたいね。あんまりたよりにはならないけど」

ジョンは彼女の体に腕をまわした。「きみは大したものだよ。ヒステリーも何もおこさないし」

「今夜は泣きだすかもしれないわ、ベッドにはいったら、もっともベッドが見つかればの話だけど。朝食をとってから、百万キロも走ったみたい」

ジョンは彼女のかわいた唇に二度キスすると、ゆっくりと運転席にすわった。「まず、ガソリンをつめることだ。ガソリンさえあれば、ポルト・ベロに行ける」

三人の兵士は、遠ざかる車に見向きもせず、しゃべったり冗談をとばしたりしていた。

しばらく車を走らせたとき、ジョンが低い声で笑いだした。

「どうしたの？」と妻はたずねた。

「古い黒人霊歌を思いだしたんだよ。こんな歌詞さ――

顔を隠そうと岩に行った
すると岩が叫んだ
〝ここは隠れるとこじゃない
ここに隠れる場所はない〟」

「あったわね、そんな歌」

「今のぼくらにぴったりじゃないか。歌詞をみんな思いだせたら、うたってあげるんだが。そして、もしうたう気になれたら」

彼はアクセルを踏む足に力をこめた。


二人はガソリン・スタンドの前で車をとめた。一分ほど待ったが、だれも出てこないので、ジョン・ウェッブは警笛を鳴らした。だがつぎの瞬間、ぎょっとしたようすで警笛から手をはなし、その手を見おろした。

「まずいことをした」

ガソリン・スタンドの薄暗い戸口に、人影が現われた。そのうしろには、男が二人つづいている。

三人の男はおもてに出てくると、車のまわりを歩きながら、ながめ、触れ、さすった。陽光のなかでは、男たちの顔はまるで焼けた銅のようだった。三人は弾力のあるタイヤにさわり、金属と革のぜいたくで新鮮なにおいをかいだ。

「セニョール」やがてガソリン・スタンドの男がいった。「ガソリンを売ってほしいんだがね、頼むよ」

「売りきれなんですよ、セニョール」

「しかしタンクはいっぱいのようじゃないか。ガラスのメーターの上のほうまで、ガソリンが見えてる」

「ないんですよ」と男はいった。

「一ガロン十ペソ出そう!」

「いや、けっこう（グラシアス・ノー）」

「もう、どこへ行くガソリンもないんだ」ウェッブは計器を調べた。「四分の一ガロンも残ってない。車をここにおいて、町へ行ってあたってみるかな」

「車はみててあげますよ、セニョール」と男はいった。「キーをあずけてくれれば」

「そんな、めちゃくちゃだわ！」とレオノーラがいった。「ねえ？」

「ほかにどうしようもないじゃないか、道ばたに乗り捨てて、通りかかるだれかにまかせるか、でなければ、この男にまかせるかだ」

「それがいい」と男はいった。

二人は車からおり、車を見ながら立ちつくした。

「いい車だった」とジョン・ウェッブはいった。

「ほんとにいい車だ」男はキーをもらおうと手をさしだした。「ちゃんとみててあげますから、セニョール」

「でも、ジャック――」

レオノーラはうしろのドアをあけ、荷物をおろしはじめた。彼女の肩ごしに、あざやかな色のトラベル・ステッカーが見えた。二十数ヵ国を旅行し、各国の最高級のホテルに泊ったこの二十年間に、つぎつぎと舞いおり、すりきれたレザーをおおった色彩の嵐。

レオノーラは汗をにじませ、スーツケースを引っぱりだそうとしていた。ジョンがその手をとめ、二人はあえぎながら、ひらいたドアの奥にあるたくさんのぜいたくなスーツケースを見つめた。そのなかには、彼らの人生や生活を彩ってきた美しいツイードやウールや絹、一オンス四十ドルの香水、ひんやりした黒っぽい毛皮、銀色に光るゴルフのクラブがあるのだ。二十年の歳月が、どのスーツケースにもつまっているのだ——二十年の歳月と、二人がリオで、パリで、ローマで、上海で演じてきた何十もの役柄が……。しかし二人がもっとも多く、もっともみごとに演じてきたのは、金持で陽気で、驚くほどしあわせそうなウェッブ夫妻、いつも微笑を絶やさず、サハラからの風と呼ばれる、あの真似のできないデリケートなマーティニを作ることのできるウェッブ夫妻の役柄だった。

「それを全部、町まで運べるものか。あとで取りにこよう」

「でも……」

彼女にしゃべる機会を与えず、ジョンは彼女の体をまわして、道を歩きだした。

「でも、ほっとくわけにはいかないわ、荷物も車も何もかも！　そうだ、こうしない？　わたしが車のなかにはいって窓をしめきっておくの。そのあいだに、あなたがガソリンを持ってくるわけ」

彼は足をとめ、ぎらつく太陽のもと、車のまわりに立っている三人の男をふりかえった。男たちは眼を輝かせて、レオノーラを見つめていた。

「あれが答えさ。行こう」

「でも、四千ドルもした車をほうりだして、行ってしまうてはないわ！」レオノーラが叫んだ。

妻の腕をしっかりとつかみ、静かな決意を見せてジョンは歩きつづけた。「車は旅行の道具だ。動かなかったら、使いものにならない。今はとにかく進まなきゃいけないんだ。それだけを考えればいい。ガソリンがなければ、車なんか一文の値打ちもないじゃないか。二本の丈夫な足があって、それを使えるなら、百台の車に匹敵する。ぼくらはいろんな荷物を捨てはじめたばかりだ。どんどんバラストを落していって、最後には皮一枚になるんだよ」

彼はレオノーラをつかまえていた手をはなした。今では彼女はしっかりした足どりで歩いており、まもなく彼に歩調をあわせた。「ふしぎだわ。ほんとうにふしぎ。こんなふうに歩くの何年ぶりかしら」彼女は自分の足の動きをながめ、流れ去ってゆく道路を、うしろに過ぎてゆく両側のジャングルをながめ、大またにせかせかととなりを歩いている夫をながめ、催眠術にかけられたようにその単調なリズムにのった。「でも、努力すれば、なんだってもう一度おぼえられるわね」やがて彼女はいった。

太陽はじりじりと空をわたり、二人は長いあいだ暑い道を歩きつづけた。やがて考えがまとまったらしく、ジョンがしゃべりだした。「考えてみると、本来の姿にかえるというのもそんなにわるくはないな。つまらないことをあれこれ気にする必要はなくなって、今では考えなければいけないのは、たったひとつ――きみとぼくのことだけだ」

「あぶない、車がくるわ――早く……」

二人はなかばふりかえり、悲鳴をあげ、とびさがった。そして道路からころがり落ち、時速百キロで走りすぎてゆく自動車を見送った。歌声がひびき、男たちが笑い、叫び、手をふっていた。車は埃(ほこり)のなかに遠のき、ダブル・クラクションを何回も何回も鳴らしながら、カーブを曲って消えた。

ジョンは妻をおこし、静まりかえった道路に立った。

「あれを見たかい？」

二人はゆっくりと舞いおちる土埃を見つめた。

「せめてオイルを変え、バッテリーを調べるぐらいのことは忘れないでほしいわ。ラジエーターに水を入れてくれればいいけど」彼女はいい、間をおいた。「歌をうたっていたわね？」

彼はうなずいた。二人は眼をしばたたきながら、大きな埃の雲が、黄色い花粉のように頭や腕をおおうにまかせた。彼女がまばたきしたとき、きらきら光るしずくが二つ三つ眼からこぼれ落ちるのが見えた。

「そんなことじゃだめだ。ただの機械じゃないか」

「好きだったのよ」

「ぼくらはなんでも愛しすぎるんだよ」

途中、二人は、湯気のたちのぼる割れたワインのびんをまたいだ。

二人は、町までさほど遠くないところに来た。妻が先に立ち、夫があとにつづき、足元を見ながら歩いているとき、ブリキがぶつかり、蒸気が吹きだし、湯の沸騰(ふっとう)する音が背後に聞えてきた。ふりかえると、ひとりの老人を乗せた一九二九年型のフォードが、ゆったりしたスピードでこちらにやってくるところだった。フェンダーはとれ、塗料は強烈な日ざしのためちりちりに焼けてはがれているが、運転席に泰然とすわる老人にはなかなかの威厳があり、よごれたパナマ帽のかげにはいった黒い顔はいかにも思慮ぶかげだった。二人の姿に気づくと、老人は、フードの下のエンジンをゴットンゴットンいわせながら、蒸気を吹きあげて車を寄せ、きしるドアをあけて言った、「こんな日に歩くもんじゃないよ」

「すみません」と二人はいった。

「いいってことさ」老人は、遠いむかしの黄ばんだ白い夏服を着、いくぶん脂じみたネクタイをしわだらけの首にゆるく巻いていた。彼は優雅に礼をすると、レイディの手をとってうしろの席に乗せた。「わしら男は前の席だ」と老人はいい、ジョンが前の席におちつくと、がたがたシューシューと車のスピードをあげた。

「さてと。わしはガルシアだ」

紹介があり、三人はうなずきあった。

「車がエンコしたのかね？ 人を呼びに行くところなのかね？」とセニョール・ガルシアはいった。

「ええ」

「じゃ、修理工を見つけて、そこまで送りかえしてあげよう」

二人は礼をいい、丁重にその申し出をことわった。老人はもう一度くりかえしたが、自分の詮索と気づかいが二人を当惑させているのに気づくと、ものわかりよく話題をかえた。

老人は、膝の上にある折りたたんだ新聞の小さな束に手をやった。

「あんたがた、新聞は読むかね？ そりゃ、もちろん、読むだろう。だが、わしみたいな読み方をしてるかね？ この方法には、たぶんあんたがたも気づいておらんと思うな。

いや、そういっても、わしがわざわざ見つけたわけじゃない。そういうふうに読まざるをえなくなったんだ。しかし、今になってみれば、こんなうまい方法はないとつくづく思うね。わしは新聞を一週間おくれでとってるんだよ。わしらはみんな、つまり世界のできごとに関心のある連中はみんな、一週間おくれで首都から来る新聞を読んでるんだ。この時間のずれが、ものをはっきりと見えるようにしてくれる。一週間前の新聞を手にとるんだから、考え方も慎重になるというものさ」

　二人は話をつづけてくれるように頼んだ。

「そうだな」と老人はいった、「ずっとむかしのことだが、ひと月ばかり首都で暮したことがある。そのときには毎日、出たばかりの新聞を買って、恋やら怒りやら苛（いら）だちやら失望で、気が狂わんばかりになっていたものだった。ありとあらゆる激しい感情が、わしのなかでわきかえり、どうにもならんのだ。まだ若かった。なんでも見れば興奮していた。ところがそのうち自分のしていることに気づいた、読む記事をうのみにしてるんだよ。そう考えたことがあるかね？　自分が買ったその日に印刷された新聞を、あんたがたは信用してしまうだろう？　これはほんの一時間前におこったできごとなんだ！　そうあんたは思う。だから、これは本当のことにちがいない」老人は首をふった。「それで、わしは新聞をすこしねかせておいて、いい味が出てくるのを待つことにしたんだ。

コロニアみたいなこんな奥地まで来ると、見出しなんて眼にもはいらないくらい小さくなってしまう。一週間前の新聞なんだ——その気になれば唾を吐いたってかまわん。むかし恋人だった女みたいなもんだな。二、三日たったいま見れば、考えていたほどじゃない。顔だって、どっちかといえばありきたり。コップ一杯の水ほどの深みもないよ」

老人は愛する子供たちの頭をなでるように、心づかいと愛情をこめてハンドルに手をおき、ゆったりと車を運転していた。「で、今わしはこうして一週間分の新聞を持って、家に帰る途中というわけさ。読むもよし、横目でにらむもよし、これで遊ぶのもよし、思いのままだよ」老人はその一枚を膝の上にひろげ、運転しながらときおりちらりとながめた。「なんて白いんだろうな、この紙は。まるで生まれたての赤んぼうじゃないか、かわいそうに、どこもかも空白だ。こんなにからっぽなら、なんでもはいってしまう。ほら、これをごらん。この新聞には、白い肌の人びとはみんな死んでしまったと書いてある。しかし、そんなばかなことはないだろう。今この瞬間だって、何百万という白人の男や女が、どこかでたぶん昼食や夕食をとっているんだ。地面が揺れ、町がこわれ、町から逃げだした人びとが、全部なくなっちゃった！　と言ってわめいている。となりの村では、村人たちがどうしてそんなにわめくんだろうと首をかしげている。その人びとは、たっぷりと眠って、最高にいい気分で眼をさましたところなんだ。あーあ、なんとひねくれた世の中じゃないかね。たいていの人びとには、それがわからないんだ。夜でなかったら昼でなきゃいけないわけさ。噂は飛ぶように伝わる。きょうの午後は、この道にそった小さな村では、どこもかしこもお祭りだよ。白人は死んだと噂ではいってる。ところが今わしは、いきのいい白人ふたりといっしょに町にはいって行くところじゃないか。こんないいかたをして、あんたがたが気をわるくせんでくれるといいがな。あんたがたがいなければ、わしは前にあるこのエンジンと話してるわけさ。こいつはものすごい音をだしていいかえすんだよ」

車は町はずれまで来ていた。

「いろいろとありがとう」ジョン・ウェッブがいった。「きょうは、ぼくらといっしょのところを見られないほうがいいと思いますよ。このあたりでけっこうです」

老人はしぶしぶ車をとめた。「よけいな気をつかわせてしまったな」老人はジョンの美しい妻のほうをふりかえった。

「若いころのわしは、それはもう血気さかんで空想好きの若者だった。ジュール・ヴェルヌという男の書いた本をフランスから取り寄せて片っ端から読んだものさ。この人の名前はあんたも知ってるな。夜になると、自分は発明家になるんだと何回思ったか知れん。みんな昔のことになってしまった。したいと思ったことは何ひとつしなかった。しかし、わしが作りたいと思った機械のなかで今でもはっきりとおぼえているのは、人が一時間だけほかのだれにでもなれる機械なんだ。これには色やにおいがいっぱいつまっていて、映画館みたいにフィルムもあり、棺桶みたいな恰好をしてる。そのなかに横になるんだ。そしてボタンを押す。すると一時間だけ、寒いなかで体をちぢめてるエスキモーになったり、馬に乗ったアラブの紳士になったりできるわけだよ。ニューヨークの人の感覚でものを感じることができるし、スウェーデンの人の嗅覚でにおいをかげるし、中国人の味覚もちゃんとわかる。機械が人間のかわりをするんだ——わしのいう意味がわかるかね？ そして、いろんなボタンを押すことによって、その機械にはいるたびに、白人にでも黄色人種にでもネグリートにでもなれる。子供や女になるんだって不可能じゃない、かりにそういう変な気をおこしたとしてもね」

レオノーラとジョンは車からおりた。

「その機械を作ろうとなさったことはあるんですか？」

「いや、もうずっと昔のことさ。きょうまで忘れておったんだよ。それを使えればよかったと、きょう考えたんだ。わしらにはその機械が必要だ。どうして組みたてようとしなかったんだろうな、惜しいことをした。いつか、だれかがやるだろう」

「いつかね」とジョン・ウェッブはいった。

「あんたがたとお話しできて楽しかったよ」と老人はいった。「神さまのご加護を」

「さようなら(アディオス)、セニョール・ガルシア」と二人はいった。

車は蒸気を吐きながらゆっくりと走り去った。二人はまる一分、そこに立って見つめていた。ややあって、ジョンは無言のまま手をのばすと、妻の手をとった。


二人は徒歩で小さな町コロニアにはいった。そして小さな店のならびを、肉屋を、写真屋を通りすぎた。人びとは足をとめて、通りかかる二人を見つめ、二人の姿が視界から消えるまで眼をはなそうともしなかった。歩きながらウェッブは、数秒おきに上衣(うわぎ)の下に隠れたホルスターに手をやった。時の経過につれてすこしずつふくれてゆく小さなねぶとをまさぐるように、おずおずと、控え目に……

ホテル・エスポーサの中庭(パティオ)は、青い滝のかげにある洞窟(どうくつ)のように涼しかった。そこでは、籠(かご)にはいった鳥たちがうたい、足音は遠い銃声のようにはっきりとなめらかに谺(こだま)した。

「おぼえてるかい？　何年か前に、一度ここに来たことがある」ウェッブはいい、妻の手をとって石段をのぼった。二人は青い日かげにほっとしながら、涼しい洞窟のなかに立った。

「セニョール・エスポーサ」ジョン・ウェッブは帳場にいる太った男に声をかけた。男は眼を細めて近づいてきた。「ぼくをおぼえてないかな？　ジョン・ウェッブだよ。五年前――ひと晩いっしょにカードをやった」

「おぼえてますとも」セニョール・エスポーサはレオノーラに会釈をし、ジョンとかるい握手をかわした。気まずい沈黙がおりた。

　ウェッブは咳払いした。「ちょっと困ったことになってね、セニョール。今夜だけでいいから泊めてもらえないだろうか？」

「あなたのお金なら、いつでも通用いたしますよ」

「ほんとに泊めてくれるのかい？　前金で払う。ああ、とにかく休みたいんだ。それともうひとつ、ガソリンもいるんだが」

　レオノーラが夫の袖をひいた。「忘れたの？　車はもうないのよ」

「ああ。そうだったな」彼は一瞬だまりこみ、そしてため息をついた。「いや、ガソリンはいいんだ。首都行きのバスはないだろうか？」

「まあ、それはあとから」ホテルの主人はおちつかなさそうに答えた。「こちらです」

　階段をのぼる途中、騒がしい音が聞えてきた。窓からながめると、二人の車が広場をぐるぐるまわっているのが見えた。どなり、うたい、笑う男たちをのせ、それは広場を八周した。前のフェンダーにぶらさがっているものもいる。子供や犬が車のあとを追いかけていた。

「わたしもあんな車がほしいものです」とセニョール・エスポーサはいった。

ホテル・エスポーサの三階の一室にはいると、ホテルの主人はよく冷したワインを三つのグラスについだ。

「〝変化〟に」とセニョール・エスポーサはいった。

「よし、それで乾杯しよう」

三人はワインを飲んだ。セニョール・エスポーサは唇（くちびる）をなめ、上衣の袖で口をふいた。「世の中が変ると、人間は驚いたり悲しんだりします。なんてことだ、われわれは見捨てられてしまった、あなたがたはそうおっしゃる。信じられない、と。しかし――今晩はだいじょうぶです。シャワーを浴び、夕食をたっぷり召しあがってください。でも今晩だけですよ。これは、五年前の親切のお礼です」

「では、あしたは？」

「あした？　バスで首都へ行くのだけはやめてください。市街では暴動がおこっています。北半球の人びとがもうかなり殺されています。もちろん、これはいっときのことで、

二、三日すればおさまると思いますが。しかしその二、三日が過ぎ、ほとぼりがさめるまでは、何ごとも注意が肝心です。この機に乗じて好き勝手なことをしようとする、たちのわるい連中がたくさんいるのです、セニョール。とにかくここ四十八時間は、民族主義の目覚めを旗じるしに、そういう人びとが権力をわがものにしようとぶつかりあうでしょう。利己主義と愛国心、きょうなんていう日は、どっちがどうなのか区別がつきませんよ、セニョール。だから──隠れなければいけないのです。それが問題だ。もう二、三時間もすれば、あなたがたがここにいるのは町じゅうに知れわたるでしょう。わたしのホテルも危険になるかもしれない。はっきりとはいえませんが」

「よくわかるよ。これだけでも、ぼくらは感謝している」

「何か用があったら呼んでください」セニョール・エスポーサは、グラスに残ったワインを飲みほした。

「この罎（びん）はあけてしまってください」

花火は、その夜九時から始まった。はじめに打上げ花火がひとつ、ついでもうひとつが暗い空にのぼり、風のなかに爆発して、炎の建築物を作りだした。花火の玉は、あがりきるとパンと割れて、美しい寺院の円天井を思わせる赤や白の炎の輪をえがいた。

レオノーラとジョン・ウェッブは、明かりを消した部屋のあけはなした窓のそばに立って、花火の音を聞き、空をながめていた。時がたつにつれ、あらゆるハイウェイや小径(こみち)からぞくぞくと人びとが町に流れこみ、腕を組んで広場をまわりはじめた。彼らはうたい、犬そこのけに吠(ほ)え、雄鶏(おんどり)そこのけにかん高い声をあげ、そしてタイルを敷きつめた歩道に倒れ、すわりこみ、笑い、顔をのけぞらせて空にくりひろげられる光の乱舞を見つめた。ブラスバンドもプカプカドンドンと演奏を始めた。

「豪奢(ごうしゃ)な生活を数百年楽しんだのち、この始末か」とジョン・ウェッブがいった。「白人優越の最後に来たものが、こういうことなのか——国をあげてのお祭り騒ぎのなかで、五百キロも奥地のこんなホテルの暗い部屋で、きみとぼくの二人きり」

「あの人たちの気持も理解してあげなきゃ」

「いや、ぜいたくに暮していたときから、ぼくにはわかっていたよ。ある意味では、あの連中が幸福になったことを、ぼくは喜んでるんだ。長いあいだ待ちに待っていたんだものな。しかしこの幸福がどれくらい続くだろう。贖罪羊(しょくざいひつじ)がいなくなってしまった今、連中はだれを迫害者に見たてる気だろう？　ぼくやきみや、この部屋に前に泊っていた白人の男みたいに、これほど罪状のはっきりしているものが、手近にこれから見つかるだろうか？」

「わたしにはわからないわ」

「ぼくらはじつに手軽な憎悪の対象だったんだ。先月この部屋を借りていた男だって、憎むには恰好の相手だった。なにしろ目立っていた。現地人の昼寝の習慣を大声であざける。スペイン語のかたことすらおぼえようとしない。英語をおぼえて人間らしい口をきけ、だ。そして飲んだくれては、この国の女を買いあさる」彼は言葉をきり、窓ぎわからはなれて部屋のなかを見まわした。

この家具、と彼は思った。ソファに残るその男のよごれた靴のあと、落ちたタバコが作った絨緞の焼けこげ。ベッドのそばの壁にあるしみ、いったいどうやって、なんであんなしみをつけたのだろう。蹴とばされ、傷だらけになった椅子。その男のホテルではないし、その男の部屋でもない。借りものなのだ、何をしてもかまわない。という調子で、過去百年間、その種のバカがこの国を歩きまわってきたのだ——巡回コマーシャル、固定観念普及会。そして今、そのバカどもの弟や妹といっても充分通るわれわれがここにいて、使用人パーティの夜を楽しむ彼らがそこにいる。彼らは知らないのだ、いや、知っているとしても考える気はないのだ。あしたにはまた今までどおりの貧しい、圧迫された生活が始まることを。歴史という機械がひとつギアを変えたにすぎないことを。

いまやバンドの演奏はやみ、ひとりの男が舞台にとびのって、叫んでいた。きらめくたくさんの山刀、褐色に光る群衆の上半身。

舞台に立つ男はホテルのほうを向き、二人のいる暗い部屋を見上げた。ジョンとレオノーラ・ウェッブは、間欠的にきらめく光を避けて部屋の奥にしりぞいた。

男がどなった。

「なんといってるの?」レオノーラがきいた。

ジョン・ウェッブが通訳した、「〝いまこそ世界は解放された〟といってる」

男がわめいた。

ジョン・ウェッブがふたたび通訳した、「〝われわれは自由だ!〟」

男は爪先立ちし、鎖を切る仕草をした。「〝われわれはもうだれの支配もうけない〟」

群衆が歓声をあげ、ブラスバンドが演奏を始めた。そのあいだにも舞台の上の男は、この宇宙にある憎悪のすべてをこめて、二人の部屋の窓を見つめていた。


その夜は、あちこちで喧嘩がおこり、なぐりあいがあり、どなり声がとび、銃声がひびいた。ジョン・ウェッブは眠れぬまま、階下でセニョール・エスポーサが、静かな、きっぱりした口調で人びとをなだめるのを聞いていた。やがて騒ぎはおさまりはじめ、最後の花火が打ちあげられ、敷石に壜のたたきつけられる音がやんだ。

午前五時、新しい日を迎えて、空気はあたたまりはじめていた。寝室のドアに、あたりをはばかるようなノックの音がした。

「わたしです、エスポーサです」と声がいった。

ジョン・ウェッブはためらい、ありあわせの服を着ると、寝不足のためふらつく足でドアに行き、それをあけた。

「いやはや、たいへんな夜でしたな!」セニョール・エスポーサは部屋にはいると、肩をふり、おっとりと微笑した。「あの騒ぎは聞いておられましたか? え? この部屋によじのぼってこようとしたのです。くいとめはしましたが」

「すみません」レオノーラはベッドのなかで礼をいうと、壁のほうを向いた。

「みんな、むかしからの知りあいなんです。そういうわけで、なんとか承知させました。酔っぱらって、いい気持でいたので、待ってくれることになったのです。じつは、それでお二人にお話があるのです」エスポーサは急に困ったような顔になり、窓ぎわに歩いていった。「今朝はみんなゆっくり眠ります。おきているものもすこしはいますが。すこしだけですが。ほら、広場のむこうに見えるでしょう?」

ジョン・ウェッブは広場をながめた。褐色の肌の男たちがひそひそと話しこんでいる。天気や世の中のこと、太陽、この町、そしておそらくワインのことでも話題になっているのだろう。

「セニョール、生まれてから今まで、ひもじい思いをなさったことはありますか？」

「たった一度、それも一日だけだが」

「たった一日ですか？　いつも住む家があり、車を持ってたわけですね？」

「きのうまではね」

「失業なさったことは？」

「ないな」

「ご兄弟は、みんな二十一になるまで生きていましたか？」

「うん」

「わたしでさえ、あなたがちょっと憎らしくなりますよ」とセニョール・エスポーサはいった。「わたしには家がなかった。いつも腹をすかしていました。町のむこうに見える丘の墓地には、男の兄弟三人と妹ひとりが眠っています。みんな九つにもならぬうちに肺病で死にました」

セニョール・エスポーサは広場にいる男たちにちらっと眼をやった。「今では、わたしはひもじくも貧乏でもありません。車も持っています。りっぱに生きています。しかし、わたしのようなものは千人にひとりです。きょう、あなたはあそこにいる連中に何とおっしゃるつもりですか？」

「何か考えようと思ってはいるんだが」

「わたしは遠いむかしにあきらめました。セニョール、わたしたち白人はずっと少数民族だったのです。わたしはスペイン系ですが、ここで生まれました。彼らはわたしを大目に見てくれています」

「しかし、ぼくらが少数民族だなんて考えたことはなかった。この事実を今から受けいれるというのはむずかしいな」

「あなたがたの態度はりっぱでした」

「それは美徳なのかな？」

「まさにそのとおり。戦争の場合もそうだし、こういうときには、はっきりそういえます。不平もいわない、言いわけもしない。逃げまわって醜態をさらすようなこともない。あなたがたは、お二人とも、とても勇敢だと思いますよ」

ホテルの主人は、あきらめきったようすでゆっくりと腰をおろした。

「ここにおちついたらどうかと、すすめに来たのです」

「できれば、ここを出たいんだ」

ホテルの主人は肩をすくめた。「あなたがたの車は盗まれました。わたしにはそれを取り返すことはできません。この町を出るのは無理です。ここに残って、わたしのホテルで働きませんか？」

「旅行をつづける方法はないと思うのかい？」

「二十日先にはなんとかなるかもしれません、セニョール、でなければ二十年先には。お金や食べもの、泊る部屋がなくては生きてはいけないでしょう。わたしのいうことを考えてみませんか？」

ホテルの主人は立ちあがり、気まずそうな顔でドアのところに行き、椅子の背にかぶせられたウェッブの上衣にさわった。

「どんな仕事なんだ？」

「台所の雑用です」ホテルの主人はいい、眼をそらした。

ジョン・ウェッブは無言のままベッドにすわった。レオノーラは身じろぎもしなかった。

セニョール・エスポーサはいった。「これが、わたしにできる精いっぱいのことなのです。これ以上は無理だ。ゆうべ、下の広場にいた連中は、あなたがた二人を引き渡せといってきました。山刀(マチエーテ)が見えたでしょう？　で、わたしは取引をしたのです。あなたがたは運がよかったんだ。あなたがたをこの先二十年間ホテルで雇うことにした、雇い人を守るのは当然だ、わたしは連中にそう伝えたのです！」

「そんなことをいったのか！」

「セニョール、セニョール、お礼をいってくださいよ！　考えてもごらんなさい！　行くところがどこにありますか？　ジャングルですか？　二時間もしないうちに毒蛇に嚙まれて死んでしまう。でなくとも、歓迎されないことは承知の上で首都まで八百キロの道のりを歩けますか？　無理ですな――現実を見なくちゃ」セニョール・エスポーサはドアをあけた。「わたしは何も安い金で、あなたがたをこき使おうというんじゃありません。食事つきで一日二ペソ出しましょう。わたしといっしょにいますか、それとも正午になったら広場に出て行きますか？　考えてください」

ドアはしまり、セニョール・エスポーサの姿は消えた。

ウェッブは長いあいだドアを見つめていた。

それから椅子に近づくと、ひだ飾りのついた白いシャツの下にあるホルスターをまさぐった。ホルスターはからだった。彼はそれを手にとり、からのケースを見つめ、今しがたセニョール・エスポーサの出ていったドアにふたたび眼を移した。そしてベッドに近づき、妻のかたわらにすわると、そのまま横になり、妻を抱きよせてキスした。二人はベッドに横たわったまま、新しい一日を迎えて明るくなってゆく部屋をながめていた。

午前十一時、二人は部屋のガラス・ドアをあけはなち、着換えをはじめた。浴室には、セニョール・エスポーサの好意で、石ケン、タオル、ひげ剃り用具から香水までそろっていた。

ジョン・ウェッブはひげを剃り、注意深く服を着た。

十一時半、彼はベッドのそばにある小さなラジオのスイッチを入れた。こんなラジオでも、ふつうならニューヨークやクリーヴランド、ヒューストンからの放送がはいる。だが、どの局も静まりかえっていた。ジョン・ウェッブはスイッチを切った。

「もう帰るところもない――たよるあてもない――どこにも」

レオノーラはドアの近くの椅子に腰かけ、壁を見つめていた。

「いっそこのホテルに残って働いてもいいいんだよ」

ようやく彼女は身じろぎした。「だめ。そういっても、じっさいにやれるものじゃないわ。できると思う？」

「まあ、無理だろうね」

「わたしたちにはそこまで行くことはできないのよ。わたしたちは筋は通していたわ。堕落していたかもしれないけど、それなりに筋を通していたのよ」

ジョンはすこしのあいだ考えこんだ。「ジャングルへ逃げこむというてもある」

「人に見つからずにホテルを出ることはできないと思うの。逃げようとして、つかまってごらんなさい。なおひどいことになるわ」

彼はうなずいた。

二人はしばらくのあいだ椅子にすわっていた。

「ここで働くのもわるくはないかもしれない」

「だけど、なんのために生きるの？　みんな死んでしまったのよ——あなたのお父さんもお母さんも、わたしの父も母も、あなたやわたしの兄弟も、友だちもみんな、何もかも、わたしたちの理解していた何もかもが」

彼はうなずいた。

「それに、ここで使われるようになったら、そのうちだれか男がわたしに変なまねをするにきまっているわ。そうなったら、あなたは放(ほう)っておかないでしょ？　だれかがあなたに手を出しても、おんなじよ」

彼はふたたびうなずいた。

二人は十五分ほどそうしてすわり、静かに話していた。やがて彼は受話器をとりあげると、指先でフック・ボタンをカタカタと鳴らした。

「はい(ブェノ)」と電話口の声がいった。

「セニョール・エスポーサ？」

「ええ(シ)」

「セニョール・エスポーサ」彼は間をおき、唇(くちびる)をなめた。「ぼくらは正午にホテルを出ると、ご友人に伝えてください」

電話からすぐには返事はなかった。ややあって、ため息をつきながら、セニョール・エスポーサはいった、「お好きなように。しかし本気で——？」

電話はまる一分ほど沈黙していた。やがてふたたび受話器をとりあげる音がし、ホテルの主人が静かにいった、「広場のむかい側で待っているそうです」

「じゃ、そこで会おう」とジョン・ウェッブはいった。

「それから、セニョール——」

「はい」

「わたしを憎まないでください、わたしの友人たちも」

「だれも憎みはしないよ」

「わるい世の中です、セニョール。どうしてこうなったかも、自分たちが何をしているかも、わたしたちにはわかっていないんです。あの男たちにしたって、自分が怒り狂っていることはわかっていても、何に対して怒り狂っているのかは見当がつかないのです。

許してやってください、憎まないでください——」

「あなたも、あの連中も、ぼくは憎んでなんかいないよ」

「ありがとうございます、ありがとうございます」受話器のむこう側にいる男は泣いているのかもしれなかった。たしかなことはわからない。だが言葉はとぎれがちで、たえず息をのみこんでいた。しばらくして男はいった、「わたしたちには、自分がなぜそういうことをするのかわかっていないのです。ただ気がむしゃくしゃするというだけで、なんの理由もないのになぐりあいをしてしまうのです。これだけはわかってください。わたしはあなたがたの友人です。できれば、あなたがたを助けますよ。しかし、できないのです。町じゅうを敵にまわすことになってしまう。さようなら、セニョール」ホテルの主人は電話を切った。

ジョン・ウェッブは沈黙した電話をつかんだまま、椅子にすわっていた。顔をあげるまえに、一瞬の間があった。眼前にあるものに気づくまえに、一瞬の間があった。それに眼をとめたあとも、彼は動こうとはせず、すわったまま見つめていた。やがて口元が、途方もない皮肉に歪んだ。「これをごらん」ようやく彼はいった。

レオノーラは、彼の指さす方向を見た。

二人は吸いさしのタバコを見つめた。彼が電話をしているあいだ、テーブルの縁におかれ、忘れられていたタバコは、今では燃えつきて、木材のなめらかな表面に黒い焼けこげを作っていた。

真上に輝く太陽が、影を足元に釘(くぎ)づけにする正午、二人はホテル・エスポーサの石段を下りはじめた。背後では、竹の籠(かご)に入れられた鳥たちがさえずり、小さな泉から水が流れていた。二人はできるだけきちんと身なりをととのえ、顔や手をきれいに洗い、爪(つめ)をきり、靴(くつ)もみがいていた。

広場のむこう、二百ヤードほど離れたところに商店があり、軒先の影のなかに男たちがかたまって立っている。ジャングル地帯からきた現地人の姿も見え、腰にさした山刀(マチェーテ)がにぶく光っている。彼らはみんな広場のほうを向いていた。

ジョン・ウェッブは長いあいだ彼らを見つめた。だれもかれもというわけじゃない、と彼は思った。国ぜんたいがこんなふうであるものか。これはうわっつらだけだ。皮一枚のことなのだ。なかにある体は関係ない。卵の殻(から)のようなものだ。故郷(くに)でおこった暴動を思いだすがいい、群衆を。どこだって同じようなものじゃないか。先頭にたつのは少数の狂人、静かな連中はずっとうしろのほうにいて、何ごとにも関(かか)わりあわないようひっそりとして、騒ぎが終わるのを待っている。大多数は行動しない。ほんのわずか、ひと握りがお先棒をかついで暴れまわるのだ。

彼はまばたきひとつしなかった。あの殻をつきやぶることができれば、あんな薄っぺらな殻ぐらい！と彼は思った。あの連中を説得して通り抜け、そのむこうにいる静かな人びとのところへ行きつくことができれば……おれにできるだろうか？まちがったことをいわずにすませられるだろうか？冷静に話せるだろうか？

彼はポケットをまさぐり、しわくちゃになったタバコの箱と数本のマッチをとりだした。

やってみるにこしたことはない、と彼は思った。フォードに乗っていたあの老人は、どんなふうにしていたか？あの老人のやりかたでやってみよう。広場をわたりおえたら、話しだすのだ、必要とあれば、ささやき声で。そして男たちのあいだをゆっくりと動けば、静かな人びとのところへ出る道も見つかるだろう。そうなれば、こっちのものだ、もう安全だ。

レオノーラがとなりを歩いている。着古した服しかなく、何から何まで不自由しているのに、きちんと身づくろいし化粧したその姿はいかにもすがすがしく美しく、かえって彼の心がたじろぎ、すくみあがってしまうほどだった。その肌の白さ、みごとにブラシのかかった髪、きれいにマニキュアされた爪、あざやかな赤い唇——われにかえると彼は、裏切られたような思いで妻を見つめていた。

石段のいちばん下で、ジョンは立ちどまり、タバコに火をつけた。そして二、三服ふかく吸いこむと、タバコを捨てて踏みつけ、ぺしゃんこの吸いがらを道路に蹴とばして、

「さあ、行くぞ」といった。

「そんなにひどいことはしないかもしれないわ」

「そう願うね」

二人は写真屋の前を通りすぎた。

「きょうはきのうとはちがうんですもの。うまくいくわ。わたし信じてる。いいえ――ほんとは信じてなんかいないの。ただしゃべっているだけ。しゃべらなければ、歩いていられそうもないの」

二人は菓子屋の前を通りすぎた。

「だったら、しゃべっていればいい」

「わたし、こわいのよ。こんなことがわたしたちにおこるなんて！　わたしたち、この世界に残った最後の白人なの？」

「最後から二番目ぐらいのところだろうな」

二人は野天の肉屋に近づいた。

くそっ！　と彼は思った。なんと世界はせまくなってしまったんだろう。一年前までは、われわれの進む方向は四つばかりではなかった。百万もの道がひらけていたのだ。それが、きのう四つになった。ファタラ、ポルト・ベロ、サン・ファン・クレメンタス、ブリオコンブリア。われわれは自分の車があることに満足していた。ガソリンが手にはいらなくなってからも、衣服があることに満足していた。衣服をとりあげられてからも、眠る場所があることに満足していた。楽しみをひとつひとつ取り上げられるたびに、なにかにか心の安らぎとなるものを見つけてきた。それにしても、何かを失うたびに、別のものにすがりつく変り身の早さを見たか？　それが人間というものだろう。そうして連中は何もかも奪ってしまった。もう何ひとつ残っていない。われわれ二人を除いては。そのくせ二人だけになってしまった今でも、おれは自分だけの利益を考えている。最終的には、レオノーラ、連中がきみの手からおれを取り上げるか、おれの手からきみを取り上げるか、そのどちらかなのだ。しかし、これはいくらあの連中でもうまくいくまい。何もかも奪った彼らをとがめる気持はこれっぽちもない。だが、もうこれ以上、連中は何もできないはずだ。服をはぎとり、そのほかいろんなものを奪ったそのあとには、二人の人間が残るだけだ。二人が幸福であれ不幸であれ、文句などあろうはずがない。

「ゆっくり歩いて」とジョン・ウェッブはいった。

「そうしてるわ」

「あんまりゆっくりでもいけないいんだよ。死ぬのがいやでぐずぐずしてるように見える。速くてもいけない。やつらの手にかかるのを喜んでいるみたいだ。連中をうれしがらせるんじゃない、まったく無視するんだ」

「わかってるわ」

二人は歩いた。「ぼくにさわっちゃだめだ」彼は低い声でいった。「手をにぎってもいかん」

「そんな！」

「いや、それもだめだ」

彼は数インチ妻からはなれ、着実なペースで進んだ。彼は前方を見すえ、二人は歩調をあわせた。

「わたし泣きだしそうだわ、ジャック」

「しっかりしろ！」彼は前を向いたまま押し殺した声でいった。「泣くんじゃない！逃げろっていうのかい？　そうしたいのか――きみを連れてジャングルにとびこみ、追いかけまわされるほうがいいのか、くそっ、道ばたにころんで、はいつくばって、悲鳴るか！」

をあげたほうがいいのか、黙るんだ、気をしっかりもって、やつらにつけいられてたま

二人は歩きつづけた。

「だいじょうぶ」彼女は両のこぶしを握りしめ、キッと顔をあげた。「もう泣いてないわ。わたし泣かない」

「よし、そう、えらいぞ」

だが、なぜかまだ二人は肉屋を通りすぎてはいなかった。熱いタイルの歩道を着実な足どりで進む二人の左前方に、赤い恐怖の光景がせまっていた。鉤につるされた肉塊は、二人にとっては残虐行為と罪業の現前であり、良心の苛責と悪夢の象徴であり、切り裂かれた旅、屠られた希望であった。その赤さ、おお、たれさがった悪臭ふんぷんたるぬめりと赤み、鉤にひっかけられ、高くつるされた、異様な未知の肉塊。

店を通りすぎる瞬間、内からつきあげる衝動にかられ、ジョン・ウェッブの手がつとあがった。彼は肉塊のぴんとのびきった側面を小気味よくたたいた。肉の表面をおおった青い蠅が、腹をたてたようにブーンと舞いあがり、きらめく円錐をかたちづくって肉の周囲を飛んだ。

レオノーラが、前を向いて歩きながら言った、「みんな知らない人ばかりだわ！　だ

れひとり知った顔はいやしない。あのうちひとりでも知っていたら。ひとりでもいい、知っていたら！」

二人は肉屋の前を通りすぎた。二人のうしろで、気分をいらだたせるような赤い肉塊が、暑い日ざしのなかで揺れていた。

肉の動きがとまるやいなや、蠅がふたたびその上にマントのように舞いおりた。

訳者あとがき

レイ・ブラッドベリの本を手にとると、ジャケットや解説のどこかに、きまって次のような常套句（じょうとうく）を見つける。

「ポーの衣鉢（いはつ）をつぐ幻想文学の巨匠」

「ノスタルジアと童心の作家」

「宇宙時代の散文詩人」（a prose poet in the age of space）

最後の文句はアメリカ人のお好みで、宇宙時代を謳（うた）いあげる作品が収録されているときには、さかんに使われるようだ。どれもひびきのよい言葉であり、ブラッドベリを知らない人びとの心をとらえるには、それで充分なのだろう。しかし、ひとたび彼の小説世界にはいると、読者はそれらがいかに舌たらずな形容であったかに気がつく。

ぼくはべつに、こうした常套句に異議をとなえているわけではない。それらはたしかにブラッドベリの一面をいいあらわしている。だが、あくまで一面にすぎないことも事実なのだ。

たとえば「ポーの衣鉢をつぐ」とあるけれど、二人の相似点は表面的なグロテスク趣味と科学文明に対する驚異の念ぐらいにとどまり、本質はまったく違うところにあるのではないか。すくなくとも、ブラッドベリにおけるような「ノスタルジアと童心」は、ポーにはない。また「宇宙時代の散文詩人」から受けるイメージに反して、科学技術への不信と無知をさらけだした作品が多いのは、どういうことなのか。「ノスタルジア」と「宇宙時代」とは、そもそもどこで結びつくのだろう。

そういった疑問にいちいち解答を与えていくのはやさしい。しかし、そうしたところでなんの益にもなるまい。彼の作品を愛する人びとにとって重要なのは、互いに相容れないように見えるそれらの要素が、作家ブラッドベリのなかで渾然とひとつのものになっているということだけだからだ。

詮索好きな読者には、SF作家であり批評家であるデーモン・ナイトの言葉が手がかりになるだろう。

「ブラッドベリにとって、そしてまた多くの人びとにとっては、レーダーや宇宙船や原子力は、ただ大きな、おそろしい、無意味な名前にすぎない。この事実が、彼の世俗的成功と関わりあっていることは疑いないが、問題の核心はそこにはない。ブラッドベリの強みは、彼がわれわれにとって真に重要な事柄を書いているというところにあるのだ。われわれが関心を持っていると思いこんでいる事柄——科学、結婚、スポーツ、政治、犯罪——ではなく、もっと根源的で前理性的な恐怖や憧れや欲望である。すなわち、出生に対する憤り、愛されようとする意志、コミュニケートしたいという願望、肉親や兄弟に対する憎悪、おのれではないものへの恐怖……」

この本は、レイ・ブラッドベリ（一九二〇 - 二〇一二）の習作時代から円熟期にかけての作品のうち、一九七四年の時点でわが国では短篇集に収録されていなかった十篇を選んで、一冊にまとめたものである。年代でいえば、一九四三年から五三年までの十年間にわたる。

本気で作家を志し、週一篇の割合で猛烈に書きだしたのが十八歳のとき、それから二年後、はじめて作品が小さな雑誌に掲載され、二十三歳で作家として一本立ちした。怪奇小説ばかりをおさめた最初の短篇集『ダーク・カーニバル』の出版は、一九四七年。ブラッドベリの名をいちはやく高からしめた『火星年代記』、はじめての長篇小説『華氏四五一度』は、それぞれ一九五〇年と五三年に出版されている。

収録作品を発表年代順にならべると、次のようになる。
「ドゥーダッド」一九四三年
「灰の怒り」一九四四年
「昼さがりの死」一九四六年
「過ぎ去りし日々」一九四七年
「十月のゲーム」一九四八年
「対象」同年
「夢魔」同年
「休日」一九四九年
「永遠と地球」一九五〇年
「すると岩が叫んだ」一九五三年

このうち七篇は、初出の雑誌、あるいはそれらを初出時の形のまま再録した雑多なアンソロジーを翻訳テキストに使った。残りの三篇——「対象」「夢魔」「すると岩が叫んだ」——は、一九五九年、イギリスで出た彼の短篇集『雨降りしきる日』に収められている。内容は邦訳のある『メランコリイの妙薬』にほぼ相当するが、この三つのようにアメリカ版短篇集にはみつからないものもある。これらは再録のさい改稿されており、完成度も一段と高くなっている。

この本のなかでもっとも古い「ドゥーダッド」は、作者名がなければ、ロバート・シェクリイか初期のフィリップ・K・ディックの作といっても充分に通るアイデア・ストーリイである。ブラッドベリからあの特徴ある文体を消すと、こうなるということか。のちに『ダーク・カーニバル』（そして『十月はたそがれの国』）におさめられる「風」や「大鎌（おおがま）」といった傑作が、同じくその年に発表されているところをみると、「ドゥーダッド」はそれよりずっと以前の作かもしれない。その意味ではまさに習作といえるが、着想が捨てがたく、あえて収録することにした。

「灰の怒り」「昼さがりの死」もまた模索の時代の産物である。一九四四年から数年間、ブラッドベリは、SFや幻想小説を書くかたわら、ミステリ雑誌への進出を試みている。このころ彼がミステリ雑誌に発表した作品は、全部で十七篇。しかし「小さな殺人者」「鉢（はち）の底の果実」やこの二篇からもわかるとおり、けっきょく彼の小説は、明確に区分されたアメリカのジャンル小説のどこにもおちつかない独自の領域を開拓したものだった。

「十月のゲーム」が行なわれる十月三十一日には、特別な意味がある。その日は、西洋では万聖節前夜（ハロウィーン）と呼ばれ、魔物やおばけが跳梁（ちょうりょう）するという伝説がある。近年では宗教的色彩はうすれ、子供たちがおばけの扮装をして家々をまわり、菓子などをねだる楽しいお祭りの夜となっている。

「永遠と地球」は、一九三八年に夭逝した実在の作家トマス・ウルフを主人公に仕立てた異色のSFである。ウルフのなかにある風土性を無視して、彼を未来に連れていったのは強引すぎる気もしないではないが、この作家の持っていた古今未曾有のスケールの大きささを考えると、ブラッドベリの主張は妥当なものかもしれない。なお、この作品の終わりに出てくるウルフの文章は、長篇『時間と河』の冒頭から引用されたもので、「……彷徨に費される永遠と、地球……」の「地球」(the Earth)は、本来なら「大地」と訳すべきだろう。もちろんウルフの本では、the EarthのEも大文字にはなっていない。

さて、先に述べたように『十月の旅人』は、ブラッドベリの単行本未収録作品のなかから、一九七〇年代なかばの時点で、種々の事情により日本の読者の目にふれにくかった短篇を精選したものである。しかし、その後ブラッドベリの新作が珍しくなるにつれ、埋もれていた旧作がアメリカ本国でも短篇集に採録される傾向が強まり、一部は邦訳も出て、別のかたちでたやすく手にはいるようになった。その意味で、この本が十年前と同様のユニークさを誇れないのは残念だが、それでも十篇のうち半数は、いまだにほかの邦訳短篇集では読むことができない。順にあげると「休日」「対象」「過ぎ去りし日々」「ドゥーダッド」「夢魔」がそれにあたる。なかでも「過ぎ去りし日々」は、はじめ《エポック》という小さな雑誌に発表され、その後は作家ウィリアム・F・ノーラン編のファンジン《レイ・ブラッドベリ・レビュー》（発行部数一二〇〇）にしか再録されていない珍品である。

文庫化にあたり、この本が、ブラッドベリの全作品を読みつくそうとする、わが国のファンの渇きを多少ともいやすことになってくれれば、訳者としてこんなに嬉しいことはない。

この本の最初の企画者である大和書房の刈谷（かりや）政則（まさのり）氏に、深い感謝をささげる。

（一九八七年一月）

解説

SF評論家
高橋良平

まず、好事家(こうずか)の方のために書誌から触れると、本書のオリジナル版は、大和書房の〈夢の王国〉シリーズの一冊として、一九七四年十一月に刊行された。

「新鮮な文学空間を拓(ひら)くユニークなシリーズ」と銘打たれたこの文芸叢書は、異彩を放つ方形めいたA5判変型の上製本で、加えてビニールカバー装は、植草甚一著『ぼくは散歩と雑学が好き』など晶文社の一連の出版物の特徴的な装幀を思わせ、当時の若い読者層にアピールすること、大であった。

一九七三年五月にスタートしたそのラインナップを、惹句(じゃっく)を添えて挙げてゆくと、

①『ズボン』唐十郎／挿画＝合田佐和子
「状況劇場の鬼才が、人生の袋小路たる青春の日々を熱い眼と奔放なイメージで織り

上げる最新小説集」

② 『**タルホ座流星群**』稲垣足穂／挿画＝亀山巌
「タルホ的宇宙の彼方から飛来した〝星と少年と飛行機〟——現在みられる唯一最高の〈タルホ座流星群〉ここに出現」

③ 『**夢でない夢**』天沢退二郎／挿画＝佐伯俊男
「少年の心のたゆたいと行動を追いながら海の彼方へ〈存在の原型〉を求める。詩人のオマージュが織りなす怪しいメルヘン」

④ 『**長靴をはいた猫**』シャルル・ペロー（澁澤龍彦訳）／挿画＝片山健
「西欧の民間説話を題材に、独特の語り口で展開する異様なメルヘンの世界。斬新な澁澤訳で贈るペロー童話の真髄」

⑤ 『**象は死刑**』別役実／挿画＝米倉斉加年
「無機化していく現代に挑戦する豊かな言語の群——気鋭の劇作家が描くグロテスクな物語の世界」

⑥ 『**電車で40分**』中山千夏／挿画＝中山千夏
「現代社会の狭間にポッカリあいた夢の空間。コンクリートに囲まれた索漠たる都会にメルヘンの在処を追う」

⑦ 『**鳩を喰う少女**』草森紳一／挿画＝大橋歩

「少女の内に潜む残酷さと感傷を、少女特有の〈性〉の姿と匂いを、憧憬と嫌悪をこめて描く七つの少女物語」

⑧『**黒鳥の囁き**』中井英夫／挿画＝建石修志

「幻想の園を彷徨する青年を死へと誘う黒鳥の瞳――耽美的世界を独自の筆致で描く虚無と暗黒のロマン」

⑨『**架空の庭**』矢川澄子／挿画＝中西夏之

「現実世界に背を向けたひそやかな魂のひびき――不毛な少女期を埋葬すべく綴る美しくはかない虚構の世界」

⑩『**タルホフラグメント**』稲垣足穂／挿画＝まりの・るうにい

「益々聖者の貌を著しく現わしてきたタルホの現在――桃山の暮しからモナリザの秘密まであます所なく伝えるフラグメント集成」

⑪『**ぱるちざん**』今江祥智／挿画＝田島征三

「民衆の躍動する生をいきいきした方言と新鮮な語り口にのせて、限りない〝自由〟を現代に拓くユニークな民話的世界」

挿画の絵本的な愉しみも加えた、まさに〝ユニーク〟なシリーズの、十二巻めに出版されたのが、この『**十月の旅人**』。帯の謳い文句は、「恐怖と、童心と、夜と孤独の詩人ブラッドベリの世界をあなたに――過去と未来の日々を繊細な抒情と豊かな幻想のなかに描く魅惑のファンタジー」というもので、上野紀子による怪奇的シュール画風の十葉のダークな挿画が、作品のムードを盛りあげている。

こうした異端的な文学叢書に収められても、少しも違和感のないのがブラッドベリというストーリーテラーの特色で、狭義のSFの定義からはみだしてしまう独自の幻想性や怪奇性が、逆に、戦後、米英の現代SFの紹介がはじまった最初期から、他の追随を許さぬほどの高い評価と人気をえて、SFジャンルの枠をこえて幅広い読者を魅了する要因となった。

ご存じのように、ブラッドベリの初紹介は、一九五六年、元々社の〈最新科学小説全集〉の第七巻と第十巻に選ばれた『華氏451度』（南井慶二訳）と『火星人記録』（斎藤静江訳）と、代表作二作のセレクションだったが、この全集企画が中途でつぶれ、先駆的な試みで終わってしまう。翌年暮れに早川書房がスタートさせた〈ハヤカワ・ファンタジィ〉（のち〈ハヤカワ・SF・シリーズ〉に改称）の戦略的企画で、ようやく翻訳SF出版は地歩を築きはじめるのだが、ブラッドベリの本格的紹介がはじまるのはその二年後、一九五九年暮れの〈S-Fマガジン〉創刊前後で、姉妹誌の〈エラリイ・クイーンズ・ミステリマガジン（EQMM）〉や〈宝石〉〈別冊宝石〉などのミステリ誌にも短篇が訳載されるようになる。〈ハヤカワ・ファンタジィ〉初収録は、二十四点めとなる『刺青の男』(小笠原豊樹訳・60年11月)で、次は〈異色作家短篇集〉第一期第五巻の『メランコリイの妙薬』(吉田誠一訳・61年05月)――当初はこの叢書の企画者で、「町みなが眠ったなかで」「月は六月その夜闌けに」「たそがれの浜」「イカロス・モンゴルフィエ・ライト」など超絶訳をものしていた都筑道夫さんが全訳する予定だった――以降、〈ハヤカワ・SF・シリーズ〉から『太陽の黄金(きん)の林檎』(小笠原豊樹訳・62年04月)、『火星年代記』(小笠原豊樹訳・63年04月)、『華氏451度』(宇野利泰訳・64年03月)が出ると、ライバルの創元推理文庫のSFマークからは『何かが道をやってくる』(大久保康雄訳・64年09月)、『十月はたそがれの国』(宇野利泰訳・65年12月)、そして最新短篇集の『よろこびの機械』(吉田誠一訳・66年12月)が〈ハヤカワ・SF・シリーズ〉で刊行される。

その時点で、YA小説(『たんぽぽのお酒』)や絵本(『夜のスイッチ』)、再編集短篇集をのぞけば、ブラッドベリの著書は訳しつくされ、新刊の予定も聞こえてこなかった(次の短篇集『歌おう、感電するほどの喜びを!』の原著は一九六九年刊)。

「ときおりふっと、もう少し早く生まれていればよかったと思うことがある。(中略)自分の好きな作家とあれば、当然、代表作を一冊ぐらい訳して翻訳者のエゴを満足させたくなるのが人情である。だが、ぼくがこの仕事にはいったときには、ブラッドベリはすでにわが国でもっとも有名なSF作家となっており、その作品の大半は訳出されていた。ぼくは『火星年代記』を読み、『太陽の黄金の林檎』を読みながら、くやし涙にくれていたわけだ」と、『黒いカーニバル』の「訳者あとがき」にあるのは、このころのこと。

そのくやしさをバネに（？）伊藤さんは、野田昌宏コレクションの厖大なパルプ雑誌の山を漁るなど博捜（はくそう）したあげく、〈EQMM〉から新創刊した〈ハヤカワ・ミステリマガジン〉をはじめ、各誌でブラッドベリ未紹介作をこつこつと訳出してゆき、ついには本国では初版三千部で絶版となった幻の初作品集 *Dark Carnival*, 1947 を復元するという当初の目論見をはるかに越えた壮挙、世界中のブラッドベリ・ファンが羨（うらや）む日本オリジナルの初期傑作集『黒いカーニバル』〈ハヤカワ・SF・シリーズ〉（72年01月）を世に問うたのだった（現在、本文庫に収録の同書は、増補・改訂された定本の新装版である）。

その余勢を駆るかのごとく、大和書房の編集者の求めに応じて編まれた、オリジナル傑作集第二弾が、本書『十月の旅人』である。〈ウィアード・テイルズ〉誌の常連となった習作期から、はじめての長篇『華氏451度』を発表する円熟期までの十年間のスパンに書かれた中の十作、一九七四年当時にわが国で単行本未収録だった作品を選りすぐった経緯は、「訳者あとがき」にあるとおり。ただし、その「あとがき」で注目すべきは、「このうち七篇は、初出の雑誌、あるいはそれらを初出時の形のまま再録した雑多なアンソロジーを翻訳テキストに使った」という点である。改稿されて完成度の高くなった作品よりも、初出のままを訳出したのがミソで、ソフィスティケイトよりも、書き癖もふくめたブラッドベリの着想の原点にできうるかぎり迫り、それを読者に伝えたいという、訳者のブラッドベリに対するかぎりない愛情と厳しさが、そこにうかがえる。

さて、かつては「くやし涙にくれていた」伊藤さんだが、この二冊の編・訳書以後、晶文社〈文学のおくりもの〉で長篇『ハロウィーンがやってきた』（75年05月）、大和書房の〈夢の図書館〉で戯曲集の『火の柱』（80年07月）、恐竜テーマのイラスト入り短篇集『恐竜物語』（新潮文庫・84年12月）、『二人がここにいる不思議』（同文庫・00年01月）、『社交ダンスが終った夜に』（同文庫・08年11月）を手がけたばかりか、共訳書も『キリマンジャロ・マシーン』（早川書房〈海外SFノヴェルズ〉81年11月／文庫化に際し『キリマンジャロ・マシーン』と『歌おう、感電するほどの喜びを！』の二分冊となった）、『瞬きよりも速く』（同社・99年11月）と二点を数え、いつしか、作品点数的にもブラッドベリの代表訳者の座についていた。

さらには、一昨年、『火星の人』などの翻訳で知られる小野田和子の協力をえて、『華氏451度』の完全新訳版を上梓（じょうし）。こういってはナンだが、正直な話、読もうとすると頭が痛くなった悪訳の元々社版はいうまでもなく、宇野利泰訳のほうも途中で放りなげてしまっていたぼくは、この新訳版で初めて、『華氏451度』を読み通すことができた。そこから、ぼくのよく知っているブラッドベリの〝声〟が聞こえてきたからだ。心をこめて翻訳するというのはどういうことか、そのお手本が示されていた。
伊藤典夫訳でブラッドベリを読める喜びを、本書でも、ぜひ……。

（二〇一六年二月）

訳者略歴　1942年生，英米文学翻訳家　訳書『2001年宇宙の旅〔決定版〕』クラーク，『猫のゆりかご』ヴォネガット・ジュニア，『黒いカーニバル』ブラッドベリ（以上早川書房刊）他多数

HM=Hayakawa Mystery
SF=Science Fiction
JA=Japanese Author
NV=Novel
NF=Nonfiction
FT=Fantasy

十月の旅人

〈SF2063〉

二〇一六年四月十五日　発行
二〇二一年三月十五日　二刷

（定価はカバーに表示してあります）

著　者　レイ・ブラッドベリ
訳　者　伊藤典夫
発行者　早川　浩
発行所　株式会社　早川書房

郵便番号　一〇一 - 〇〇四六
東京都千代田区神田多町二ノ二
電話　〇三 - 三二五二 - 三一一一
振替　〇〇一六〇 - 三 - 四七七九九
https://www.hayakawa-online.co.jp

印刷・中央精版印刷株式会社　製本・株式会社フォーネット社
Printed and bound in Japan
ISBN978-4-15-012063-4 C0197

本書は活字が大きく読みやすい〈トールサイズ〉です。